TRANZLATY

Sprache ist für alle da

Dil herkes içindir

Die Verwandlung
Dönüşüm

Franz Kafka

Deutsch
Türkçe

www.tranzlaty.com

Teil Eins

Birinci Bölüm

Gregor Samsa erwachte eines Morgens aus unruhigen Träumen.

Gregor Samsa bir sabah huzursuz rüyalardan uyandı.

Er befand sich in seinem Bett, konnte sich aber nicht bewegen.

Kendini yatağında buldu ama hareket edemiyordu.

Er war in ein monströses Ungeziefer verwandelt worden.

O, korkunç bir böceğe dönüşmüştü.

Er lag auf dem Rücken, der sich hart wie eine Rüstung anfühlte.

Sırtüstü yatıyordu, sırtı zırh gibi sertti.

Indem er den Kopf ein wenig hob, konnte er seinen Bauch sehen.

Başını biraz kaldırarak karnını görebildi.

Sein Bauch aber war gewölbt und in Segmente unterteilt.

Fakat karnı kubbe şeklindeydi ve bölümlere ayrılmıştı.

Die Decke lag auf seinem runden Bauch.

Battaniye, yuvarlak karnının üzerinde duruyordu.

Die Decke war jedoch kurz davor, ganz herunterzurutschen.

Ancak battaniye neredeyse tamamen aşağı kayıyordu.

Seine Beine wirkten im Vergleich zu ihrer üblichen Größe jämmerlich.

Bacakları, normal boyutlarına kıyasla çok zayıftı.

Und seine vielen Beine flackerten hilflos vor seinen Augen.

Ve bacakları gözlerinin önünde çaresizce titriyordu.

„Was ist nur mit mir geschehen?", dachte er bei sich.

"Bana ne oldu böyle?" diye düşündü kendi kendine.

Aber es war kein Traum, aus dem er nicht erwachen konnte.

Ama bu, uyanamayacağı bir rüya değildi.

Es war tatsächlich sein eigenes Zimmer, in dem er sich wiederfand.

Gerçekten de kendi odasında buldu kendini.

Ein richtiges Zimmer für Menschen, aber leider etwas zu klein.

İnsanlar için gerçek bir oda, ama biraz küçük.

Er lag still zwischen den vier bekannten Mauern.

Dört tanıdık duvar arasında sessizce uzandı.

Auf dem Tisch befand sich eine Sammlung von Textilmustern.

Masada çeşitli kumaş örnekleri vardı.

Samsa war Handelsreisender, daher die Muster.

Samsa seyyar bir satış temsilcisiydi, bu yüzden numuneler de vardı.

Über den auseinandergenommenen Textilproben hing ein Bild.

Sökülmüş tekstil örneklerinin üzerinde bir resim vardı.

Er hatte das Bild erst vor Kurzem aus einer Zeitschrift ausgeschnitten.

Resmi yakın zamanda bir dergiden kesmişti.

Er hatte das Bild in einen hübschen, vergoldeten Rahmen gefasst.

Resmi güzel, yaldızlı bir çerçeveye yerleştirmişti.

Das gerahmte Bild zeigte eine aufrecht sitzende Dame.

Çerçevelenmiş resimde dik oturmuş bir kadın tasvir edilmişti.

Sie trug eine Pelzmütze und hatte einen Pelzmuff.

Kürk şapka takıyordu ve kürk eldiveni de vardı.

Sie hob ihre Hand in Richtung des Betrachters des Bildes.

Elini resme bakan kişiye doğru kaldırıyordu.

Ihr ganzer Unterarm verschwand in ihrem schweren Pelzmuff.

Kolunun tamamı kalın kürk mantosunun içinde kaybolmuştu.

Gregor blickte aus dem Fenster auf das trübe Wetter.

Gregor pencereden dışarı, kasvetli havaya baktı.

Man konnte hören, wie schwere Regentropfen gegen das Fenster prasselten.

Pencereye çarpan şiddetli yağmur damlalarının sesi duyulabiliyordu.

Das graue Wetter stimmte ihn sehr melancholisch.

Gri hava onu çok melankolik hissettirdi.

„Wie wäre es, wenn ich noch ein bisschen länger schlafe?", dachte er.

"Biraz daha uyusam nasıl olur?" diye düşündü.

"Mehr Schlaf könnte mir helfen, diesen Unsinn zu vergessen."

"Daha fazla uyumak bu saçmalığı unutmama yardımcı olabilir."

Länger zu schlafen war jedoch völlig unmöglich.

Ama daha fazla uyumak tamamen imkansızdı.

Weil er es gewohnt war, auf seiner rechten Seite zu schlafen.

Çünkü sağ tarafına yatarak uyumaya alışmıştı.

Sein aktueller Zustand schränkte jedoch seine üblichen Bewegungsfreiheiten ein.

Ancak mevcut durumu, her zamanki hareketlerini yapmasına engel oluyordu.

Er hatte keine Möglichkeit, in diese Lage zu gelangen.

Kendisini bu duruma düşürmesinin hiçbir yolu yoktu.

Er versuchte sein Bestes, sich auf die rechte Seite zu werfen.

Elinden geldiğince sağ tarafına doğru dönmeye çalıştı.

Er hat diese Bewegung wahrscheinlich hundertmal versucht.

Bu hareketi muhtemelen yüzlerce kez denemiştir.

Aber er kippte immer wieder in die Rückenlage zurück.

Ama her zaman tekrar sırtüstü pozisyona geri dönüyordu.

Er schloss die Augen, um seine unruhigen Beine nicht sehen zu müssen.

Bacaklarının kıpır kıpır hareketlerini görmemek için gözlerini kapattı.

Am Ende hinderten ihn seine Schmerzen daran, es noch einmal zu versuchen.

Sonunda çektiği acı, tekrar denemesine engel oldu.

Ein dumpfer Schmerz in der Seite, den er noch nie zuvor gespürt hatte.

Yan tarafında daha önce hiç hissetmediği hafif bir ağrı.

„Oh Gott", dachte Gregor Samsa verzweifelt bei sich.

"Aman Tanrım," diye düşündü Gregor Samsa çaresizce.

"Was für einen anstrengenden Beruf ich mir da doch ausgesucht habe!"

"Ne kadar da zorlu bir meslek seçmişim kendime!"

„Ich muss beruflich Tag für Tag reisen."

"İşim gereği her gün seyahat etmek zorundayım."
„Büroarbeit ist viel einfacher als die Arbeit unterwegs."
"Ofiste çalışmak, seyahat halinde çalışmaya göre çok daha kolay."
„Und ich habe den Fluch, ständig reisen zu müssen."
"Ve sürekli seyahat etmek zorunda kalmanın lanetine maruz kalıyorum."
„Die ganze Sorge, die Züge nicht rechtzeitig zu verpassen."
"Trenlere zamanında yetişme endişesi."
„Meine Mahlzeiten sind unregelmäßig und das Essen ist schlecht."
"Yemek saatlerim düzensiz ve yemekler kötü."
„Meine Freunde wechseln ständig, je nachdem, wo ich hinziehe."
"Arkadaşlarım şehirden şehre sürekli değişiyor."
„Meine Interaktionen sind kühl und professionell."
"Kurduğum etkileşimler soğuk ve profesyonel."
„Sollen sich doch die Teufel mit solchen Arbeiten vergnügen!"
"Bırakın şeytan bu tür işlerle eğlensin!"
Er verspürte ein leichtes Jucken im oberen Bereich seines Bauches.
Karnının üst kısmında hafif bir kaşıntı hissetti.
Er stemmte sich mit dem Rücken gegen den Bettpfosten.
Sırtını yatak direğine dayadı.
Er wollte seinen Kopf besser heben können.
Başını daha rahat kaldırabilmeyi istiyordu.
Er fand die juckende Stelle, die ihn plagte.
Kendisini rahatsız eden kaşıntılı noktayı buldu.
Sein Kopf schien mit kleinen weißen Punkten bedeckt zu sein.
Başının üzeri küçük beyaz noktalarla kaplı gibiydi.
Was diese kleinen weißen Punkte waren, konnte er nicht sagen.
Bu küçük beyaz noktaların ne olduğunu anlayamadı.
Er hatte geplant, die Stelle mit einem seiner Beine zu berühren.

Ayaklarından biriyle o noktaya dokunmayı planlamıştı.

Doch als er die Stelle berührte, verspürte er ein seltsames Frösteln.

Ama o noktaya dokunduğunda garip bir ürperti hissetti.

Daraufhin zog er sein Bein sofort von der Stelle weg.

Bunun üzerine hemen bacağını o noktadan çekti.

Ihm blieb nichts anderes übrig, als das Jucken zu ertragen.

Kaşıntı hissini kabullenmekten başka çaresi yoktu.

Und er kehrte in seine vorherige Position im Bett zurück.

Ve yatakta önceki pozisyonuna geri döndü.

„Wer so früh aufwacht, wird echt ziemlich dumm."

"Bu kadar erken uyanmak insanı gerçekten aptallaştırıyor."

„Ein Mann braucht genug Schlaf", dachte er sich.

"İnsanın yeterince uyuması gerekir," diye düşündü kendi kendine.

„Die anderen Handelsreisenden leben in Luxus."

"Diğer seyyar satıcılar lüks içinde yaşıyorlar."

„Morgens übermittle ich die erhaltenen Bestellungen."

"Sabahları aldığım siparişleri iletiyorum."

„Währenddessen frühstücken die Herren noch."

"Bu arada beyler hâlâ kahvaltı yapıyorlar."

„Stellen Sie sich nur vor, ich würde das bei meinem Chef versuchen."

"Bunu patronumla yapmaya kalkışsaydım ne olurdu bir düşünün."

„Er würde mich feuern, bevor ich mit dem Frühstück fertig bin."

"Kahvaltımı bitirmeden beni işten kovardı."

„Aber vielleicht wäre das auch nicht das Schlimmste."

"Ama belki de bu da en kötü şey olmazdı."

„Das Problem ist, dass meine Eltern mich zurückhalten."

"Sorun şu ki, ailem beni engelliyor."

„Ohne sie hätte ich schon längst gekündigt."

"Onlar olmasaydı çoktan istifa etmiş olurdum."

„Ich hätte mich dem Chef entgegengestellt und es ihm gesagt."

"Patrona karşı çıkıp durumu açıkça söylerdim."

„Ich würde genau sagen, was ich von ihm und der Stelle halte.“
"Onun ve yaptığı iş hakkında ne düşündüğümü aynen söylerdim."
„Er würde vom Schreibtisch fallen, wenn ich ihm alles erzählen würde!“
"Her şeyi anlatsam masasından düşerdi!"
„Es ist sehr seltsam, wie er an seinem Schreibtisch sitzt.“
"Masasında oturuş şekli çok garip."
„Seine Art, mit seinen Untergebenen zu sprechen, ist nicht in Ordnung.“
"Astlarıyla konuşma şekli doğru değil."
„Und das Schlimmste ist, dass sein Gehör so schlecht ist.“
"Ve en kötü yanı da işitme duyusunun çok zayıf olması."
„Sie haben also keine andere Wahl, als ganz nah bei ihm zu sitzen.“
"Bu yüzden ona çok yakın oturmaktan başka seçeneğiniz yok."
„Aber trotz allem ist die Hoffnung noch nicht völlig verloren.“
"Ancak tüm bunlara rağmen, umut henüz tamamen kaybolmuş değil."
„Ich werde das Geld sparen, um die Schulden meiner Eltern zu begleichen.“
"Parayı biriktirip anne babamın borcunu ödeyeceğim."
„Ich kann nichts tun, solange sie ihm noch Geld schulden.“
"Onlar hâlâ ona borçlu oldukları sürece hiçbir şey yapamam."
„Aber wenn die Schulden beglichen sind, werde ich es auf jeden Fall tun.“
"Ama borç ödendiğinde bunu kesinlikle yapacağım."
„Es wird wahrscheinlich noch fünf bis sechs Jahre dauern.“
"Muhtemelen beş ila altı yıl daha sürecek."
"Ja, dann wird die große Trennung definitiv erfolgen."
"Evet, o zaman büyük ayrılık kesinlikle gerçekleşecektir."
„Fürs Erste muss ich jedoch aufstehen.“
"Şimdilik yataktan kalkmam gerekiyor."
„Weil mein Zug um fünf Uhr abfährt.“
"Çünkü trenim saat beşte kalkacak."

Gregor blickte auf den tickenden Wecker auf dem Tisch.
Gregor masanın üzerindeki çalar saatin tıkırtısını izledi.
"Himmlischer Vater!", dachte er, als er die Uhrzeit sah.
"Ey göksel Baba!" diye düşündü saate baktığında.
Halb sieben war schon still und leise vergangen.
Saat altı buçuk sessizce geçip gitmişti bile.
Und die Zeiger der Uhr bewegten sich immer weiter
vorwärts.
Ve saatin kolları ve kolları kendiliğinden ileri doğru hareket
etmeye devam etti.
Es war nun fast Viertel vor sieben.
Saat artık yediye çeyrek kala idi.
"Vielleicht hat der Wecker nicht geklingelt, um mich zu
wecken?", dachte er.
"Belki de beni uyandırmak için alarm çalmamıştı?" diye
düşündü.
Von seinem Bett aus inspizierte Gregor den Wecker.
Gregor yatağından çalar saati inceledi.
Der Wecker war korrekt auf vier Uhr eingestellt.
Çalar saat dört olarak doğru ayarlanmıştı.
Er konnte es sich nicht erklären, aber der Alarm musste
losgegangen sein.
Bunu açıklayamıyordu ama alarm çalmış olmalıydı.
"Wie konnte ich den Wecker verschlafen, ohne es zu
merken?"
"Alarmı nasıl duymadan uyuyakaldım?"
Wenn der Alarm losgeht, wackeln sogar die Möbel.
Alarm çaldığında mobilyalar bile sallanıyor.
Er wusste, dass sein Schlaf alles andere als ruhig gewesen
war.
Uykusunun hiç de huzurlu geçmediğini biliyordu.
Aber vielleicht war das der Grund, warum sein Schlaf so
viel tiefer war.
Ama belki de bu yüzden uykusu çok daha derindi.
Er musste darüber nachdenken, was er nun tun sollte.
Şimdi ne yapması gerektiği konusunda düşünmesi
gerekiyordu.

Der nächste Zug fuhr erst um sieben Uhr ab.

Bir sonraki tren saat yediye kadar kalkmadı.

Diesen Zug zu erreichen, wäre nahezu unmöglich.

O trene yetişmek neredeyse imkansız olurdu.

Und die benötigten Textilien hatte er noch nicht eingepackt.

Ve henüz ihtiyacı olan tekstil ürünlerini paketlememişti.

Er fühlte sich auch nicht besonders frisch und agil.

Kendini pek de dinç ve çevik hissetmiyordu.

Vielleicht bestand die Möglichkeit, in den Zug einzusteigen.

Belki trene binme şansı vardı.

Doch ein Tadel vom Chef war so oder so unvermeidlich.

Ama her iki durumda da patronun azarı kaçınılmazdı.

Der Angestellte wäre in den Fünf-Uhr-Zug eingestiegen.

Memur saat beşteki trene binmiş olmalıydı.

Der Büroangestellte war ein willensschwaches Werkzeug des Chefs.

Büro memuru, patronun omurgasız bir kuklasıydı.

Gregors Abwesenheit wäre also bereits gemeldet worden.

Dolayısıyla Gregor'un yokluğu zaten bildirilmiş olmalıydı.

„Was wäre, wenn ich mich krankmelde?", überlegte Gregor.

"Ya hasta olduğumu söylesem?" diye düşünüyordu Gregor.

Das wäre aber äußerst peinlich und verdächtig.

Ama bu son derece utanç verici ve şüpheli olurdu.

Gregor war in der gesamten Zeit, die er dort arbeitete, nie krank gewesen.

Gregor orada çalıştığı süre boyunca hiç hasta olmamıştı.

Und er hatte ihnen bereits fünf Jahre Dienst geleistet.

Ve onlara zaten beş yıllık hizmet vermişti.

Die Chancen standen gut, dass der Chef vorbeikommen würde, um nach ihm zu sehen.

Patronun onu kontrol etmeye gelme ihtimali yüksekti.

Er würde wahrscheinlich den Arzt der Krankenversicherung mitbringen.

Muhtemelen sağlık sigortası doktorunu da yanında getirecektir.

Und er würde die Eltern für ihren faulen Sohn verantwortlich machen.

Ve tembel oğullarından dolayı anne babayı suçlardı.

Sie könnten gegen ihn keine Einwände erheben.

Ona hiçbir şekilde itiraz edemezlerdi.

Denn für ihn gab es nur zwei Arten von Arbeitern.

Çünkü ona göre sadece iki tür işçi vardı.

Entweder waren die Arbeiter kerngesund oder arbeitsscheu.

İşçiler ya tamamen sağlıklıydı ya da işten kaçıyorlardı.

Und läge er mit dieser grundlegenden Analyse überhaupt falsch?

Peki, bu temel analizinde yanılıyor olabilir miydi?

In diesem Fall hatte er sicherlich ein starkes Argument.

Elbette, bu durumda güçlü bir argümanı vardı.

Trotz seines Aussehens fühlte sich Gregor tatsächlich recht wohl.

Görünüşüne rağmen Gregor aslında kendini oldukça iyi hissediyordu.

Der unnötig lange Schlaf hatte ihn etwas schläfrig gemacht.

Gereksiz yere uzun süren uyku onu biraz uykulu yapmıştı.

Abgesehen davon konnte er sich aber über keine Krankheit beklagen.

Ama bunun dışında herhangi bir hastalıktan şikayet edemezdi.

Er verspürte sogar einen besonders starken und gesunden Hunger.

Hatta özellikle güçlü ve sağlıklı bir açlık hissetti.

Während er diesen Gedanken nachging, schlug die Uhr erneut.

O bunları düşünürken saat tekrar çaldı.

Laut Alarm war es jetzt Viertel vor sieben.

Alarm sistemine göre saat yediye çeyrek kalmıştı.

Und nun klopfte es auch leise an der Tür.

Ve şimdi de kapıya hafif bir tıkırtı geldi.

„Gregor", rief ihm jemand zu – es war die Mutter.

"Gregor," diye seslendi biri ona; annesiydi.

„Es ist Viertel vor sieben", bestätigte sie den Alarm.

"Saat yediye çeyrek kala," diyerek alarmı doğruladı.

"Wolltest du nicht gehen?", fragte die sanfte Stimme.

"Gitmek istemedin mi?" diye sordu nazik bir ses.
Gregor erschrak, als er seine eigene Stimme antworten hörte.
Gregor, onun sesini duyunca korktu.
Es war immer noch dieselbe Stimme, die er schon immer hatte.
Sesi, her zaman sahip olduğu sesti.
Doch nun mischte sich ein neuer Klang in seine Stimme.
Ama şimdi sesine yeni bir tını karışmıştı.
Tief aus seinem Inneren entfuhr ihm auch ein schmerzhafter Schrei.
Onun da içinden derin bir acı çığlığı çıktı.
Zunächst schien seine Stimme die Worte klar zu formen.
İlk başta sesi kelimeleri net bir şekilde oluşturuyor gibiydi.
Doch dann hörte Gregor das Echo seiner Stimme in seinem Kopf.
Ama sonra Gregor, kendi sesinin zihinsel yankısını duydu.
Die Aufnahme seiner Stimme ist auf seltsame Weise zerbrochen.
Ses kaydı garip bir şekilde kesildi.
Und er war sich nicht sicher, ob er richtig gehört hatte.
Ve duyduklarının doğru olup olmadığından emin değildi.
Gregor verspürte den starken Wunsch, eine ausführliche Antwort zu geben.
Gregor, ayrıntılı bir cevap verme konusunda derin bir istek duyuyordu.
Er wollte seiner Mutter alles genau erklären.
Annesine her şeyi açıkça anlatmak istiyordu.
Doch angesichts der Umstände musste er sich einschränken.
Ancak, şartlar göz önüne alındığında, kendini sınırlamak zorunda kaldı.
Und er antwortete viel kürzer, als er es gern getan hätte.
Ve istediğinden çok daha kısa bir cevap verdi.
"Ja, Mutter, keine Sorge, danke, ich bin schon wach."
"Evet anne, merak etme, teşekkür ederim, çoktan kalktım."
Die Holztür trug vermutlich dazu bei, seine Stimme zu dämpfen.

Ahşap kapı muhtemelen sesinin daha az duyulmasına yardımcı olmuştur.

Draußen blieb die Veränderung in Gregors Stimme unbemerkt.

Gregor'un sesindeki değişiklik dışarıdan fark edilmedi.

Die Mutter schien mit seiner Erklärung zufrieden zu sein.

Anne, onun açıklamalarından memnun kalmış gibiydi.

Und sie ging genauso leise wieder, wie sie gekommen war.

Ve geldiği gibi sessizce tekrar ayrıldı.

Doch das kurze Gespräch hatte eine unerwünschte Folge.

Ancak bu kısa konuşmanın istenmeyen bir etkisi oldu.

Er erregte die Aufmerksamkeit der anderen Familienmitglieder.

Diğer aile üyelerinin dikkatini çekti.

Gregor war noch zu Hause und nicht zur Arbeit gegangen.

Gregor hâlâ evdeydi ve işe gitmemişti.

Und nun klopfte auch der Vater an die Seitentür.

Ve şimdi baba da yan kapıyı çaldı.

Er klopfte schwach, aber entschlossen mit der Faust.

Güçsüzce ama kararlı bir şekilde yumruğuyla vurdu.

„Gregor, Gregor", rief er, „was ist das Problem?"

"Gregor, Gregor," diye seslendi, "sorun nedir?"

Nach einer Weile warnte er erneut, diesmal mit tieferer Stimme.

Bir süre sonra daha kalın bir sesle tekrar uyardı.

Doch nun klopfte die Schwester an die andere Tür.

Ama diğer kapıda kız kardeş şimdi kapıyı çaldı.

"Gregor? Geht es dir nicht gut?", fragte sie leise.

"Gregor? İyi değil misin?" diye sordu sessizce.

„Brauchen Sie irgendetwas?", fragte sie besorgt.

"Bir şeye ihtiyacınız var mı?" diye sordu endişeyle.

Gregor antwortete beiden Seiten: „Ich bin schon fertig."

Gregor her iki tarafa da şu cevabı verdi: "Ben zaten işimi bitirdim."

Er hatte sich größte Mühe gegeben, alle Wörter sorgfältig auszusprechen.

Kelimelerin hepsini dikkatlice telaffuz etmek için elinden
gelenin en iyisini yapmıştı.
Und er entfernte alles Auffällige aus seiner Stimme.
Ve sesindeki göze çarpan her şeyi ortadan kaldırdı.
Auch der Vater schien mit der Antwort zufrieden zu sein.
Baba da verilen cevaptan memnun görünüyordu.
Und er kehrte zu seinem unvollendeten Frühstück zurück.
Ve yarım kalan kahvaltısına geri döndü.
**Doch die Schwester flüsterte: „Gregor, mach auf, ich flehe
dich an."**
Ama kız kardeş fısıldayarak, "Gregor, lütfen ağzını aç,
yalvarıyorum." dedi.
**Doch ihre Sorge um ihn konnte ihn in keiner Weise
bewegen.**
Ama onun için duyduğu endişe, adamı hiçbir şekilde
etkileyemedi.
Gregor hatte nicht die Absicht, ihr die Tür zu öffnen.
Gregor'un ona kapıyı açmaya hiç niyeti yoktu.
**Durch seine Reisen hatte er sich einige vorsichtige
Gewohnheiten angeeignet.**
Seyahat ederken bazı temkinli alışkanlıklar edinmişti.
**Und er lobte sich selbst dafür, die Türen abgeschlossen zu
haben.**
Kapıları kilitlediği için kendini övdü.
**Zunächst wollte er in Ruhe und in seinem eigenen Tempo
aufstehen.**
Öncelikle kendi zamanında sessizce kalkmak istedi.
Und er wollte sich ungestört anziehen.
Ve rahatsız edilmeden giyinmek istedi.
Nachdem er das geschafft hatte, wollte er frühstücken.
Bunu başardıktan sonra kahvaltı yapmak istedi.
Erst dann wollte er die Situation weiter überdenken.
Ancak o zaman durumu daha ayrıntılı olarak değerlendirmek
istedi.
Er wusste, dass es sinnlos war, im Bett Pläne zu schmieden.
Yatakta plan yapmanın hiçbir faydası olmadığını biliyordu.

Zu einem vernünftigen Schluss zu gelangen, wäre
unmöglich.
Mantıklı bir sonuca ulaşmak imkansız olurdu.
Es gab schon andere Male, da war er mit leichten Schmerzen
aufgewacht.
Daha önce de hafif ağrılarla uyandığı zamanlar olmuştu.
Diese Schmerzen erwiesen sich stets als reine Einbildung.
Bu acıların her zaman tamamen hayal ürünü olduğu ortaya
çıktı.
Beim Aufstehen verschwanden die Schmerzen ausnahmslos.
Yataktan kalkınca ağrı her zaman geçiyordu.
Er war neugierig, was mit diesen Ideen geschehen würde.
Bu fikirlerin akıbetinin ne olacağını merak ediyordu.
Die Veränderung seiner Stimme war wahrscheinlich nur auf
eine Erkältung zurückzuführen.
Sesindeki değişiklik muhtemelen sadece soğuk algınlığından
kaynaklanıyordu.
Erkältungen sind für Reisende einfach ein Berufsrisiko.
Seyahat edenler için soğuk algınlığı sadece mesleki bir risktir.
Er hatte keinen Zweifel daran, dass dies die logische
Erklärung war.
Bunun mantıklı bir açıklama olduğundan hiç şüphesi yoktu.
Es gelang ihm mühelos, die Decke von sich zu streifen.
Üzerindeki battaniyeyi çıkarmak kolay oldu.
Er musste nur einatmen und sich aufblasen.
Tek yapması gereken derin bir nefes alıp kendini şişirmekti.
Die Decke rutschte von seinem Körper und landete auf dem
Boden.
Battaniye vücudundan kayarak yere düştü.
Sein unglaublich breiter Körperbau erschwerte auch andere
Dinge.
Aşırı geniş vücudu diğer şeyleri zorlaştırıyordu.
Er hätte Arme und Hände gebraucht, um aufzustehen.
Ayağa kalkabilmesi için kollara ve ellere ihtiyacı olurdu.
Aber er hatte nicht mehr die Gliedmaßen, die er früher
gehabt hatte.
Ama artık eskisi gibi uzuvlara sahip değildi.

Anstelle von Armen und Händen hatte er viele kleine Beine.

Kolları ve elleri yerine bir sürü küçük bacağı vardı.

Und seine Beine bewegten sich ständig, ohne dass er es kontrollieren konnte.

Ve bacakları, onun kontrolü dışında, sürekli hareket ediyordu.

Er versuchte, ein Bein zu beugen, aber stattdessen streckte es sich.

Bir bacağını bükmeye çalıştı ama bunun yerine bacağı uzadı.

Schließlich gelang es ihm, ein Bein unter seine Kontrolle zu bringen.

Sonunda bir bacağını kontrol altına almayı başardı.

Doch dann wurde die Bewegung der anderen Beine freigegeben.

Ancak daha sonra diğer bacakların hareketi serbest bırakıldı.

Und seine Beine zuckten vor lauter Aufregung.

Ve tüm bacakları aşırı heyecandan seğirdi.

Zuerst wollte er seinen Unterkörper aus dem Bett bekommen.

Öncelikle alt bedenini yataktan çıkarmak istedi.

Seinen Unterkörper hatte er aber noch nicht gesehen.

Ama henüz alt bedenini görmemişti.

Und es erwies sich ohnehin als zu schwierig, diesen Teil zu versetzen.

Üstelik bu parçayı taşımak da çok zor oldu.

Schließlich wagte er mit all seiner Kraft einen waghalsigen Schritt.

Sonunda, tüm gücüyle, çılgınca bir hamle yaptı.

Ohne weiter zu zögern, trat er vorwärts.

Hiç tereddüt etmeden öne doğru ilerledi.

Doch er hatte die falsche Richtung eingeschlagen.

Ama yanlış yöne gitmeyi seçmişti.

Er schlug mit voller Wucht mit dem Körper gegen den unteren Bettpfosten.

Vücudunu şiddetle yatağın alt direğine çarptı.

Der brennende Schmerz, den er empfand, lehrte ihn eine wertvolle Lektion.

Hissettiği yakıcı acı ona değerli bir ders verdi.

Sein Unterkörper war vielleicht empfindlicher.
Vücudunun alt kısmı belki de daha hassastı.
Also versuchte er zuerst, seinen Oberkörper aus dem Bett zu bekommen.
Bu yüzden önce üst vücudunu yataktan çıkarmaya çalıştı.
Er drehte seinen Kopf vorsichtig in die richtige Richtung.
Başını dikkatlice doğru yöne çevirdi.
Und schon bald lag sein Kopf am Bettrand.
Ve çok geçmeden başı yatağın kenarına doğru döndü.
Diese vorsichtige Vorgehensweise fiel ihm tatsächlich leicht.
Bu temkinli hareket aslında onun için kolaydı.
Und weder seine Breite noch sein Gewicht hinderten ihn an seinen Bewegungen.
Genişliği ve ağırlığı hareketlerini engellemedi.
Die Masse seines Körpers folgte langsam der Drehung des Kopfes.
Vücudunun kütlesi, başının dönüşüne yavaşça ayak uydurdu.
Doch dann streckte er den Kopf über die Bettkante.
Ama sonra başını yatağın kenarından aşağı sarkıttı.
Und er sah sich einer neuen Angst gegenüber, über die er noch nicht nachgedacht hatte.
Ve daha önce hiç düşünmediği yeni bir korkuyla karşı karşıya kaldı.
Ein weiteres Vorgehen in dieser Richtung könnte gefährlich sein.
Bu yönde daha fazla ilerlemek tehlikeli olabilir.
Er hatte gedacht, er würde sich einfach fallen lassen.
Kendini düşüşe bırakacağını düşünmüştü.
Es wäre aber ein Wunder, wenn er sich dabei nicht am Kopf verletzen würde.
Ama kafasını yaralamaması mucize olurdu.
Jetzt war nicht der richtige Zeitpunkt, um ein Bewusstseinsverlustrisiko einzugehen.
Şu an bilincimi kaybetme riskini göze almanın zamanı değildi.
Vielleicht wäre es doch besser, im Bett zu bleiben.
Belki de en iyisi yatakta kalmaktır.

Doch dann musste er denselben Aufwand betreiben, um zurückzukehren.
Ama sonra geri dönmek için aynı çabayı göstermesi gerekti.
Nach all der Mühe lag er da, genau wie zuvor.
Bütün bu çabalardan sonra, tıpkı daha önce olduğu gibi orada yatıyordu.
Und nun schienen seine Beine noch wütender zu sein als zuvor.
Ve şimdi bacakları, daha önce olduğundan bile daha öfkeli görünüyordu.
Die Bewegungen seiner Beine waren noch unkontrollierbarer geworden.
Bacağının hareketleri daha da kontrol edilemez hale gelmişti.
Er sah keinen Ausweg aus seiner Situation.
İçinde bulunduğu durumdan kurtulmanın hiçbir yolunu göremiyordu.
Aus diesem Chaos konnte kein Frieden und keine Ordnung hergestellt werden.
Bu kaos ortamından barış ve düzen çıkarılamadı.
Aber er wusste, dass auch im Bett zu bleiben keine Option war.
Ama yatakta kalmanın da bir seçenek olmadığını biliyordu.
Alles zu opfern war die vernünftigste Option.
Her şeyi feda etmek en mantıklı seçenekti.
Er klammerte sich an den kleinsten Hoffnungsschimmer, jemals wieder aufstehen zu können.
Yatağından kalkma umuduna dair en ufak bir kırıntıya bile tutundu.
Wenn ihm das gelingt, hat sich das ganze Risiko gelohnt.
Eğer bunu başarabilseydi, tüm risklere değmiş olurdu.
Doch gleichzeitig erinnerte er sich auch an etwas anderes.
Ama aynı anda başka bir şeyi de hatırladı.
„Besser als verzweifelte Entscheidungen sind ruhige Überlegungen."
"Umutsuz kararlar vermektense, sakin bir şekilde düşünmek daha iyidir."
Mit aller Kraft konzentrierte er seinen Blick auf das Fenster.

Tüm gücüyle gözlerini pencereye dikti.

Doch was er sah, stimmte ihn wenig zuversichtlich und erfreute ihn nicht.

Ancak gördükleri ona pek güven ve neşe vermedi.

Der Morgennebel hüllte die gesamte enge Straße ein.

Sabah sisi dar sokağın tamamını kaplamıştı.

Der Wecker klingelte erneut; es war nun sieben Uhr.

Çalar saat tekrar çaldı; artık saat yedi olmuştu.

„Es ist bereits sieben Uhr und es ist immer noch so neblig."

"Saat yedi oldu ve hâlâ çok sis var."

Eine Zeitlang lag er still da und atmete nur schwach.

Bir süre sessizce yattı, nefes alışverişi çok zayıftı.

Vielleicht würde etwas Ruhe eine gewisse Normalität herbeiführen.

Belki biraz durgunluk normale dönüşü sağlayabilir.

Völliges Schweigen könnte die wahren Zustände herbeiführen.

Tam bir sessizlik gerçek koşulları ortaya çıkarabilir.

Doch bevor die Uhr erneut schlug, durchbrach er das Schweigen.

Ama saat tekrar çalmadan önce sessizliği bozdu.

Bevor die Uhr wieder schlägt, muss ich aus dem Bett sein.

"Saat tekrar çalmadan önce yataktan kalkmalıyım."

„Ich muss bis dahin unbedingt komplett aus dem Bett sein."

"O zamana kadar mutlaka yataktan tamamen kalkmış olmalıyım."

„Nach Viertel nach sieben schickt das Büro jemanden."

"Saat yediyi çeyrek geçtikten sonra ofis birini gönderecek."

„Weil das Büro vor sieben Uhr öffnete."

"Çünkü ofis saat yediden önce açılıyordu."

Und nun begann er, seinen Körper aus dem Bett zu schaukeln.

Ve şimdi vücudunu yataktan dışarı doğru sallamaya başladı.

Er hatte aufgehört, sich auf seinen Ober- oder Unterkörper zu konzentrieren.

Vücudunun üst veya alt kısmına odaklanmayı bırakmıştı.

Sein ganzer Körper musste aus dem Bett herausragen.

Vücudunun tamamının yataktan kalkması gerekiyordu.

Bei einem Sturz in diese Richtung sollte sein Kopf geschützt sein, dachte er.

Bu şekilde düşmek kafasını koruyacaktır diye düşündü.

Er hatte geplant, den Kopf zu heben, sobald er auf dem Boden aufschlug.

Yere düştüğünde başını kaldırmayı planlamıştı.

Sein Rücken schien hart genug für den Aufprall zu sein.

Vücudunun arka kısmı darbenin etkisine karşı yeterince sert görünüyordu.

Und der Teppich diente dazu, die Landung abzufedern.

Ve halı, inişi yumuşatmak için oradaydı.

Seine größte Sorge galt jedoch dem Lärm.

Ancak onun en büyük endişesi yüksek sesti.

Das krachende Geräusch würde alle im Haus erschrecken.

Çarpma sesi evdeki herkesi korkuturdu.

Vielleicht hätten sie keine Angst vor dem lauten Lärm.

Belki de yüksek sesten korkmazlardı.

Aber sie wären mit Sicherheit besorgt, wenn sie davon hörten.

Ama bunu duyarlarsa kesinlikle endişeleneceklerdi.

Man musste aber das Risiko eingehen, Aufmerksamkeit zu erregen.

Ancak dikkat çekme riskini göze almak gerekiyordu.

Die neue Methode war eher ein Spiel als eine Anstrengung.

Yeni yöntem, çabadan çok bir oyuna benziyordu.

Er musste seinen Körper in plötzlichen und ruckartigen Bewegungen hin und her wiegen.

Vücudunu ani ve sarsıntılı hareketlerle sallamak zorunda kaldı.

Gregor war schon halb aus dem Bett aufgestanden.

Gregor çoktan yatağın yarısına kadar kalkmıştı.

Nun kam ihm gerade ein neuer Gedanke.

Aklına birden yeni bir fikir geldi.

„Es wäre alles so einfach, wenn mir jemand zu Hilfe käme."

"Eğer biri bana yardım etseydi her şey çok daha kolay olurdu."

„Zwei kräftige Personen würden völlig ausreichen."

"İki güçlü kişi tamamen yeterli olurdu."
Sein Vater und das Dienstmädchen wären stark genug.
Babası ve hizmetçi kız yeterince güçlü olurlardı.
Sie müssten nur ihre Arme unter seinen Rücken schieben.
Kollarını onun sırtının altına kaydırmaları yeterli olacaktı.
Und dann könnten sie ihn ganz leicht aus dem Bett ziehen.
Sonra da onu yataktan kolayca çıkarabilirlerdi.
Vielleicht hätten sie sein Gewicht langsam reduzieren müssen.
Belki de kilosunu yavaş yavaş azaltmaları gerekecekti.
Hoffentlich hätten die Beine dann ihren Zweck gefunden.
Umarım o zaman bacaklar amaçlarına kavuşmuş olur.
Wäre es nicht letztendlich besser, um Hilfe zu rufen?
"En azından yardım çağırmak daha iyi olmaz mıydı?"
Das Problem war natürlich, dass er die Türen abgeschlossen hatte.
Sorun elbette ki kapıları kilitlemiş olmasıydı.
Irgendwie hatte der Gedanke etwas, das ihn amüsierte.
Bu düşünce onu bir şekilde eğlendirmişti.
Und trotz seiner Notlage konnte er sich ein Lächeln nicht verkneifen.
Ve tüm zorluklara rağmen, gülümsemesini gizleyemedi.
Er war schon kurz davor, das Gleichgewicht zu verlieren.
Dengesini kaybetmeye çok yakındı zaten.
Mit jedem Schwung kam er dem Umkippen vom Bett näher.
Her sallanışı onu yataktan düşmeye biraz daha yaklaştırıyordu.
Bald musste er die endgültige Entscheidung treffen.
Çok yakında nihai kararını vermek zorunda kalacaktı.
In fünf Minuten würde es Viertel nach sieben sein.
Beş dakika sonra saat yediyi çeyrek geçecekti.
Während er diesen Gedanken nachging, klingelte es an der Tür.
O bunları düşünürken kapı zili çaldı.
„Das ist jemand aus dem Büro", sagte er zu sich selbst.
"Bu ofisten biri," diye düşündü kendi kendine.
Und er erstarrte fast vor Angst angesichts des Besuchers.

Ve gelen ziyaretçi yüzünden neredeyse korkudan donup kaldı.

Seine Beine tanzten noch wilder als zuvor.

Bacakları, daha önce olduğundan da daha çılgınca hareket ediyordu.

Doch dann herrschte einen Moment lang Stille.

Ama sonra, bir an için her şey sessizleşti.

„Sie werden die Tür nicht öffnen", sagte Gregor zu sich selbst.

"Kapıyı açmayacaklar," diye düşündü Gregor kendi kendine.

Er war noch immer einer sinnlosen Hoffnung verfallen.

Hâlâ anlamsız bir umudun etkisi altındaydı.

Doch dann ging das Dienstmädchen natürlich zur Tür.

Ama sonra, elbette, hizmetçi kapıya doğru yürüdü.

Und wie immer öffnete sie dem Besucher die Tür.

Ve her zamanki gibi, ziyaretçiye kapıyı açtı.

Gregor brauchte nur die erste Begrüßung des Besuchers zu hören.

Gregor'un ziyaretçinin ilk selamını duyması yeterliydi.

Er konnte sofort erkennen, wer ihn gesucht hatte.

Kimin onu almaya geldiğini hemen anladı.

Der Hauptschreiber selbst war gekommen, um nach Samsa zu sehen.

Baş kâtip bizzat Samsa'yı kontrol etmeye gelmişti.

Warum war Gregor der Einzige, der zu diesem Schicksal verurteilt wurde?

Gregor neden bu kadere mahkum edilen tek kişi oldu?

Warum musste ausgerechnet er in einer solchen Organisation dienen?

Neden sadece o böyle bir kuruluşta görev yapmak zorundaydı?

Das geringste Versehen weckte sofort Misstrauen.

En ufak bir ihmal bile hemen şüphe uyandırıyordu.

Waren alle Angestellten, die dort arbeiteten, Schurken?

Orada çalışan tüm çalışanlar düzenbaz mıydı?

Gab es denn keinen treuen und ergebenen Menschen unter ihnen?

Aralarında sadık ve özverili kimse yok muydu?

Hätten sie nicht einfach einen Lehrling schicken können?

Bir çırak gönderemezler miydi?

War diese ganze Infragestellung überhaupt notwendig?

Bütün bu sorgulamalar gerçekten gerekli miydi?

Musste der Bevollmächtigte persönlich erscheinen?

Yetkili temsilcinin bizzat gelmesi gerekli miydi?

Musste wirklich die gesamte unschuldige Familie informiert werden?

Masum ailenin tamamının bilgilendirilmesi mi gerekiyordu?

All diese Überlegungen veranlassten Gregor zum Handeln.

Tüm bu hususlar Gregor'u harekete geçirdi.

Er schwang sich mit aller Kraft aus dem Bett.

Tüm gücüyle kendini yataktan fırlattı.

Es gab einen lauten Knall, aber es war eigentlich kein richtiges Geräusch.

Yüksek bir patlama sesi duyuldu, ama aslında gürültü sayılmazdı.

Der Fall wurde durch den Teppich etwas abgemildert.

Halı, düşüşün etkisini biraz yumuşatmıştı.

Sein Rücken war elastischer, als Gregor angenommen hatte.

Sırtı, Gregor'un düşündüğünden daha esnekti.

Der Klang war also dumpfer und nicht so auffällig.

Bu nedenle ses daha boğuktu ve o kadar dikkat çekici değildi.

Doch er hatte seinen Kopf während des Sturzes nicht geschützt.

Ama düşüş sırasında başını korumamıştı.

Und als er auf den Boden aufschlug, schlug er auch mit dem Kopf auf.

Yere düştüğünde kafasını da çarptı.

Er rieb sich vor Wut und Schmerz den Kopf am Teppich.

Öfke ve acıyla başını halıya sürdü.

Der Manager im Nachbarzimmer hörte jedoch den Lärm.

Ancak yan odadaki müdür gürültüyü duydu.

„Da ist etwas hineingefallen", stellte er richtig fest.

"İçine bir şey düştü," diye doğru bir şekilde gözlemledi.

Gregor versuchte, sich den Manager in seine Lage zu versetzen.

Gregor, müdürü kendi durumunda hayal etmeye çalıştı.

„Könnte ihm dasselbe passieren?", fragte er sich.

"Acaba aynı şey onun başına da gelebilir mi?" diye düşündü.

Er akzeptierte, dass dieses seltsame Ereignis möglich sein könnte.

Bu garip olayın mümkün olabileceğini kabul etti.

Und dann ging der Hauptsekretär ein paar Schritte in den Raum.

Ardından baş katip odaya doğru birkaç adım attı.

Es war fast schon eine plumpe Antwort auf seine Frage.

Sorduğu soruya neredeyse kaba bir cevap vermişti.

Seine Lederstiefel knarrten, als er sich der Tür näherte.

Kapıya yaklaşırken deri çizmeleri gıcırdadı.

Aus dem Zimmer zu seiner Rechten flüsterte ihm seine Magd zu.

Sağındaki odadan hizmetçisi ona fısıldadı.

„Gregor, der Bevollmächtigte, ist hier."

"Yetkili temsilci Gregor burada."

„Ich weiß", sagte Gregor, aber nur leise zu sich selbst.

"Biliyorum," dedi Gregor, ama bunu sadece kendi kendine sessizce söyledi.

Er wagte es nicht, seine Stimme lauter als ein Flüstern zu erheben.

Sesini fısıltıdan daha yüksek çıkarmaya cesaret edemedi.

Weil Gregor nicht wollte, dass seine Schwester ihn hörte.

Çünkü Gregor kız kardeşinin onu duymasını istemiyordu.

„Gregor", sagte der Vater aus dem Zimmer links.

"Gregor," dedi baba soldaki odadan.

Der Manager ist gekommen, um nach dem Rechten zu sehen.

"Müdür sorunun ne olduğunu kontrol etmeye geldi."

„Er fragte, warum du nicht den frühen Zug genommen hast."

"Erken kalkan trenle neden ayrılmadığınızı sordu."

„Wir wissen nicht, was wir ihm sagen sollen", sagte der
Vater.
"Ona ne diyeceğimizi bilmiyoruz," dedi baba.
„Übrigens möchte er auch persönlich mit Ihnen sprechen."
"Bu arada, sizinle şahsen de görüşmek istiyor."
„Bitte öffnen Sie die Tür, damit er mit Ihnen sprechen
kann."
"Lütfen kapıyı açın, böylece sizinle konuşabilsin."
„Er wird so freundlich sein, das Chaos im Zimmer zu
entschuldigen."
"Odadaki dağınıklığı mazur görecektir."
"Guten Morgen, Herr Samsa", rief ihm der Manager zu.
"Günaydın, Bay Samsa," diye seslendi müdür ona.
Und er sprach ganz gewiss in freundlicher Weise mit ihm.
Ve gerçekten de onunla dostane bir şekilde konuştu.
„Es geht ihm nicht gut", sagte die Mutter zum Manager.
"Durumu iyi değil," dedi anne müdüre.
„Es geht ihm überhaupt nicht gut, glauben Sie mir, lieber
Manager."
"İnanın bana, sevgili müdürüm, durumu hiç iyi değil."
"Warum sonst sollte Gregor den Morgenzug verpassen?"
"Gregor'un sabah trenini kaçırmasının başka ne sebebi olabilir
ki?"
„Der Junge hat nichts anderes im Kopf als das Geschäft."
"Çocuğun aklında işten başka hiçbir şey yok."
„Es ärgert mich fast, dass er nichts anderes tut."
"Başka hiçbir şey yapmaması neredeyse canımı sıkıyor."
„Ich wünschte, er würde abends an die frische Luft gehen."
"Keşke akşamları dışarı çıkıp biraz temiz hava alsaydı."
„Er war acht Tage geschäftlich in der Stadt."
"İş için sekiz günlüğüne şehirdeydi."
„Aber er war ja jeden dieser Abende zu Hause."
"Ama o akşamların her birinde evdeydi."
„Er sitzt an unserem Tisch und liest die Zeitung."
"Masamıza oturup gazete okuyor."
„Manchmal studiert er auch die Fahrpläne der Züge."
"Başka zamanlarda ise trenlerin sefer saatlerini inceliyor."

„Manchmal beschäftigt er sich mit Tischlerarbeiten."
"Bazen marangozlukla uğraşarak kendini meşgul ediyor."
„Zum Beispiel schnitzte er einen kleinen Bilderrahmen aus
Holz."
"Örneğin, küçük bir tahta resim çerçevesi oydu."
„An zwei oder drei Abenden war er mit der Säge
beschäftigt."
"İki ya da üç akşam boyunca testereyle meşgul oldu."
„Sie werden staunen, wie hübsch der Bilderrahmen ist."
"Resim çerçevesinin ne kadar güzel olduğuna şaşıracaksınız."
„Er hat den Bilderrahmen in seinem Zimmer aufgehängt."
"Resim çerçevesini odasına astı."
„Wenn er die Tür öffnet, werden Sie seine Holzarbeiten
sehen."
"Kapıyı açtığında ahşap işçiliğini göreceksiniz."
„Übrigens freut es mich, dass Sie hier sind, Herr Prokurist."
"Bu arada, burada olmanızdan memnuniyet duyuyorum,
Sayın Prokurist."
„Wir allein hätten Gregor nicht dazu bringen können, die
Tür zu öffnen."
"Gregor'un kapıyı açmasını tek başımıza sağlayamazdık."
„Er ist so stur", gestand seine Mutter dem Angestellten.
"Çok inatçı," diye itiraf etti annesi memura.
„Er ist ganz sicher krank, obwohl er das vorher bestritten
hat."
"Daha önce bunu inkar etse de, kesinlikle hasta."
„Ich komme gleich", sagte Gregor langsam und bedächtig.
"Hemen geliyorum," dedi Gregor yavaş ve dikkatli bir şekilde.
Doch er machte keine Anstalten, sich der Tür des Zimmers
zuzuwenden.
Ama odanın kapısına doğru hiçbir hareket yapmadı.
Er wollte kein Wort des Gesprächs verpassen.
Konuşmanın tek bir kelimesini bile kaçırmak istemiyordu.
Der Hauptsekretär stimmte der Einschätzung der Mutter zu.
Baş katip, annenin değerlendirmesine katıldı.
"Ich kann es Ihnen auch nicht anders erklären, Madam."
"Bunu başka türlü açıklayamam hanımefendi."

„Hoffen wir alle, dass er keine schwere Krankheit hat",
sagte er.
"Umarım ciddi bir hastalığı yoktur," dedi.
„Andererseits stellt es eine Gefahr in unserer Branche dar."
"Öte yandan, bu bizim sektörümüzde bir risk teşkil ediyor."
„Wir Geschäftsleute müssen oft Unannehmlichkeiten
überwinden."
"Biz iş insanları çoğu zaman rahatsız edici durumların
üstesinden gelmek zorundayız."
„Profis müssen leichte Schmerzen einfach aushalten."
"Profesyonellerin ufak tefek ağrılara katlanmaları gerekiyor."
Währenddessen klopfte sein Vater erneut an die andere Tür.
Bu sırada babası diğer kapıyı tekrar çaldı.
„Kann der Hauptsekretär jetzt hereinkommen?", wollte er
wissen.
"Baş katip şimdi içeri girebilir mi?" diye sordu.
"Nein, das kann er nicht", antwortete Gregor auf die Frage
seines Vaters.
Gregor babasının sorusuna "Hayır, yapamaz" diye yanıtladı.
Im Raum links von uns herrschte betretenes Schweigen.
Soldaki odada garip bir sessizlik çöktü.
Im Zimmer rechts begann die Schwester zu schluchzen.
Sağdaki odada kız kardeş hıçkıra hıçkıra ağlamaya başladı.
Warum war die Schwester nicht zu den anderen gegangen?
Kız kardeş neden diğerlerinin yanına gitmemişti?
Sie war wahrscheinlich gerade erst aufgestanden, dachte er.
Muhtemelen daha yeni yataktan kalkmıştı, diye düşündü.
Vielleicht hatte sie noch gar nicht angefangen, sich
anzuziehen.
Belki de henüz giyinmeye bile başlamamıştı.
Gregor aber verstand nicht, warum sie weinte.
Ama Gregor onun neden ağladığını anlayamadı.
Lag es daran, dass er nicht aufgestanden war und den
Manager hereingelassen hatte?
Acaba kalkıp müdürün içeri girmesine izin vermediği için
miydi?
Lag es daran, dass er Gefahr lief, seinen Job zu verlieren?

İşini kaybetme tehlikesiyle karşı karşıya olduğu için miydi?

Könnte der Chef wie früher gegen die Eltern vorgehen?

Patron daha önce olduğu gibi ebeveynlerin peşine düşebilir mi?

Würde er seine alten Forderungen an sie wiederholen?

Onlardan eski taleplerini tekrar mı dile getirecekti?

Diese Dinge waren wahrscheinlich unnötig.

Bu konularda endişelenmeye muhtemelen gerek yoktu.

Im Moment hatte sie keinen Grund zu weinen.

Şimdilik ağlaması için hiçbir sebep yoktu.

Gregor war noch da und sorgte für seine Familie.

Gregor hâlâ buradaydı ve ailesinin geçimini sağlıyordu.

Und er hatte nie die Absicht, die Familie zu verlassen.

Ve ailesini terk etme niyeti hiç olmamıştı.

Im Moment lag er einfach nur da auf dem Teppich.

Şimdilik halının üzerinde öylece yatıyordu.

Die Familie wusste nichts von seinem Zustand.

Aile, onun ne durumda olduğunu bilmiyordu.

Hätten sie das gewusst, hätten sie seinen Chef nicht ermutigt.

Bunu bilselerdi patronunu cesaretlendirmezlerdi.

Sie hätten nicht einmal den Manager ins Haus gelassen.

Müdürlerini bile eve almazlardı.

Ihn abzuweisen wäre nicht besonders unhöflich gewesen.

Onu geri çevirmek özellikle kaba bir davranış olmazdı.

Er hätte später problemlos eine passende Ausrede finden können.

Daha sonra kolayca uygun bir bahane bulabilirdi.

Dafür hätte er nicht entlassen werden können.

Bu, işten çıkarılmasını gerektirecek bir şey değildi.

Gregor war der Ansicht, dass es jetzt vernünftiger wäre, allein gelassen zu werden.

Gregor, artık yalnız bırakılmanın daha mantıklı olacağını düşündü.

Ihn durch Weinen und Reden zu stören, brachte wenig.

Ağlayarak ve konuşarak onu rahatsız etmek pek bir işe yaramadı.

Doch die anderen beunruhigte die Ungewissheit.
Ama diğerlerini rahatsız eden şey belirsizlikti.
Und genau diese Unsicherheit entschuldigte ihr Verhalten.
Ve onların davranışlarını mazur gösteren de bu belirsizlikti.
„Herr Samsa!", rief der Manager mit erhobener Stimme.
"Bay Samsa," diye seslendi müdür yüksek sesle.
„Was ist los mit dir?", wollte er wissen.
"Sana ne oluyor?" diye sordu.
„Du hast dich in deinem Zimmer verbarrikadiert."
"Kendinizi odanıza kilitlediniz."
„Sie antworten nur mit ‚Ja' oder ‚Nein'."
"Sadece 'evet' veya 'hayır' şeklinde yanıt vermeniz gerekiyor."
„Du bereitest deinen Eltern große Sorgen."
"Anne babanıza ciddi endişeler yaşatıyorsunuz."
„Ich sehe keinen guten Grund, warum Sie sie beunruhigen
sollten."
"Onları endişelendirecek mantıklı bir sebep göremiyorum."
„Es gibt da noch eine Sache, die ich nebenbei erwähnen
möchte."
"Bir de kısaca değinmek istiyorum."
„Sie vernachlässigen auch Ihre geschäftlichen Pflichten uns
gegenüber."
"Ayrıca bize karşı olan ticari sorumluluklarınızı da ihmal
ediyorsunuz."
„Eine solche Verantwortungslosigkeit entspricht so gar nicht
Ihrem Charakter."
"Böyle bir sorumsuzluk sizin karakterinize hiç uymuyor."
„Ich spreche hier im Namen Ihrer Eltern und Ihres Chefs."
"Burada sizin anne babanız ve patronunuz adına
konuşuyorum."
„Und ich bitte Sie um eine sofortige und klare Erklärung."
"Sizden derhal ve net bir açıklama rica ediyorum."
„Das Ganze erstaunt mich wirklich, das muss ich sagen."
"Bu olay beni gerçekten çok şaşırtıyor, itiraf etmeliyim."
„Ich dachte, ich kenne dich als ruhigen und vernünftigen
Menschen."

"Sizi sakin ve mantıklı bir insan olarak tanıdığımı
sanıyordum."
„Aber jetzt zeigst du uns eine andere Seite von dir."
"Ama şimdi bize kendinizin farklı bir yönünü
gösteriyorsunuz."
„Plötzlich zeigst du deine ganz eigenen Launen."
"Birdenbire çok tuhaf kaprislerinizi göstermeye başladınız."
„Aber es könnte eine Erklärung für Ihr Scheitern geben."
"Ama başarısızlığınızın bir açıklaması olabilir."
**„Der Chef erwähnte eine Forderung, die Sie für uns
eingetrieben hatten."**
"Patron, sizin bizim için tahsil ettiğiniz bir borçtan bahsetti."
**"Ich habe dem Chef in Ihrem Namen mein Ehrenwort
gegeben."**
"Sizin adınıza patrona şeref sözü verdim."
„Aber jetzt sehe ich deine unverständliche Sturheit."
"Ama şimdi senin anlaşılmaz inatçılığını görüyorum."
**"Vielleicht verliere ich auch noch jegliche Lust, dir
überhaupt zu helfen."**
"Size yardım etme isteğimi tamamen kaybedebilirim."
„Ihre Arbeitsplatzsicherheit ist keineswegs völlig stabil."
"İş güvenliğiniz kesinlikle tamamen istikrarlı değil."
**„Eigentlich wollte ich euch das alles unter vier Augen
erzählen."**
"Başlangıçta tüm bunları size özel olarak anlatmayı
planlıyordum."
**„Aber jetzt sehe ich, dass Sie wollen, dass ich hier meine
Zeit verschwende."**
"Ama şimdi anlıyorum ki burada zamanımı boşa harcamamı
istiyorsunuz."
**„Ich sehe also keinen Grund, warum deine Eltern das nicht
wissen sollten."**
"Bu yüzden anne babanızın bilmemesi için hiçbir sebep
göremiyorum."
**„Ihre Leistungen in letzter Zeit waren nicht
zufriedenstellend."**
"Son dönemdeki performansınız tatmin edici değildi."

„Ich räume ein, dass die Verkäufe zu dieser Jahreszeit
langsamer laufen."
"Yılın bu zamanında satışların daha yavaş olduğunu kabul
ediyorum."
„Aber es gibt keine Jahreszeit, in der es keine Verkäufe
gibt."
"Ama yılın hiçbir döneminde satış yapılmaz diye bir şey yok."
Für einen Moment vergaß Gregor alles um sich herum.
Gregor bir an için etrafındaki her şeyi unuttu.
„Aber Herr Prokurist!", rief Gregor verzweifelt aus.
"Ama Bay Prokurist!" diye bağırdı Gregor çaresizlik içinde.
"Ich öffne die Tür sofort, jetzt gleich, keine Sorge."
"Kapıyı hemen şimdi açacağım, merak etmeyin."
„Das Problem ist, dass ich mich ziemlich unwohl fühle."
"Sorun şu ki, kendimi oldukça iyi hissetmiyorum."
„Mir war schwindelig, deshalb konnte ich die Tür nicht
erreichen."
"Baş dönmem kapıya ulaşmamı engelledi."
„Ich liege zwar noch im Bett, aber es geht mir schon viel
besser."
"Hâlâ yatakta yatıyorum ama kendimi çok daha iyi
hissediyorum."
"Einen Moment bitte, ich stehe gerade erst auf."
"Bir dakika lütfen, yataktan yeni kalkıyorum."
"Einen Moment Geduld, Herr Prokurist, ist alles, worum ich
bitte."
"Sayın Prokurist, sizden sadece biraz sabır rica ediyorum."
„Es läuft nicht so gut, wie ich dachte, aber ich werde es
schon schaffen."
"Beklediğim kadar iyi gitmiyor ama iyileşeceğim."
"Wie kann so etwas einem Menschen so schnell passieren?"
"Böyle bir şey bir insanın başına bu kadar kısa sürede nasıl
gelebilir?"
„Mir ging es gestern Abend gut, das wissen meine Eltern."
"Dün gece kendimi gayet iyi hissediyordum, bunu ailem
biliyor."

„Aber vielleicht hatte ich damals schon eine kleine
Vorahnung."
"Ama belki o zaman bile az çok bir önsezim vardı."
„Man könnte sich fragen, warum ich es nicht im Büro
gemeldet habe."
"Belki de neden bunu ofise bildirmediğimi soruyorsunuzdur."
„Ich dachte, ich würde mich morgen früh wieder viel besser
fühlen."
"Sabah kendimi çok daha iyi hissedeceğimi düşünmüştüm."
„Man denkt immer, dass sie die Krankheit bis dahin besiegt
haben werden."
"İnsan her zaman o zamana kadar hastalığı yeneceklerini
düşünür."
„Aber bitte! Verschonen Sie meine Eltern vor diesen
Anschuldigungen!"
"Ama lütfen! Anne babamı bu suçlamalardan koruyun!"
„Mir wurde kein Wort von dem erzählt, was Sie mir erzählt
haben."
"Bana anlattıklarınızdan tek kelime bile duymadım."
„Sie haben möglicherweise die letzten von mir versandten
Befehle nicht gelesen."
"Gönderdiğim son emirleri okumamış olabilirsiniz."
„Übrigens, du brauchst dir heute keine Sorgen um mich zu
machen."
"Bu arada, bugün benim için endişelenmenize gerek yok."
„Ich werde trotzdem den Zug um acht Uhr nehmen."
"Yine de saat sekizdeki trene bineceğim."
„Die wenigen Stunden Ruhe haben mich ausreichend
gestärkt."
"Birkaç saatlik dinlenme beni yeterince güçlendirdi."
"Sie müssen wirklich nicht warten, Manager."
"Beklemenize gerçekten gerek yok, yöneticim."
„Auch ich werde schon bald im Büro sein."
"Ben de çok yakında ofiste olacağım."
"Und bitte seien Sie so freundlich, ein gutes Wort für mich
einzulegen."
"Ve lütfen benim için iyi bir referans olur musunuz?"

Gregor hatte seine Erklärung recht hastig vorgetragen.
Gregor açıklamasını oldukça aceleyle yapmıştı.
Er wusste selbst kaum, was er eigentlich sagen wollte.
Gerçekte ne söylemeye çalıştığının farkında bile değildi.
**Er ging zu der Kiste und versuchte, sich daran
hochzuziehen.**
Kutuya gitti ve onu kullanarak ayağa kalkmaya çalıştı.
Er hatte wirklich die feste Absicht, die Tür zu öffnen.
Kapıyı açmaya gerçekten de niyetliydi.
Er wollte vom Bevollmächtigten empfangen werden.
Yetkili temsilci tarafından görülmek istedi.
Und er wollte das Problem persönlich mit ihm lösen.
Ve sorunu onunla bizzat çözmek istedi.
**Er war gespannt darauf, wie die anderen auf ihn reagieren
würden.**
Diğerlerinin kendisine nasıl tepki vereceğini öğrenmek için
can atıyordu.
**Sie sind bestimmt inzwischen auch gespannt darauf, wie es
ihm geht.**
Onlar da artık onun nasıl olduğunu görmek için
sabırsızlanıyor olmalılar.
**Es gab zwei mögliche Arten, wie sie auf ihn reagieren
konnten.**
Ona karşı verebilecekleri iki olası tepki vardı.
Eine Möglichkeit war, dass sie Angst bekommen würden.
Olasılıklardan biri de korkmuş olmalarıydı.
Wenn sie Angst hatten, dann trug er keine Verantwortung.
Eğer onlar korkmuşlarsa, onun hiçbir sorumluluğu yoktu.
**Und dann müsste er sich keine Sorgen mehr um die
Situation machen.**
O zaman da durum hakkında endişelenmesine gerek
kalmazdı.
**Es gab aber auch noch eine andere Möglichkeit, die man in
Betracht ziehen musste.**
Ancak düşünülmesi gereken başka bir olasılık daha vardı.
**Vielleicht würden sie ihn so, wie er war, einfach
hinnehmen.**

Belki de onun olduğu gibi kalmasını sakince kabul ederlerdi.
Dann hätte auch Gregor keinen Grund, sich aufzuregen.
O zaman Gregor'un da üzülmek için hiçbir sebebi kalmazdı.
Es bliebe noch genügend Zeit, den Zug zu erreichen.
Treni yakalamak için hâlâ yeterli zaman olurdu.
Das Aufrechtstehen war jedoch alles andere als einfach.
Ancak, dik durmak hiç de kolay bir iş değildi.
Bei seinen ersten Versuchen rutschte er von der Kiste ab.
İlk birkaç denemesinde kutunun üzerinden kaydı.
Die Kiste war zu glatt, als dass er sich dagegen stemmen konnte.
Kutunun yüzeyi o kadar pürüzsüzdü ki, onun yanından ayakta durması mümkün değildi.
Und schließlich gab er sich noch einen letzten Anstoß, um aufzustehen.
Ve sonunda ayağa kalkmak için kendine son bir gayret gösterdi.
Er schenkte den Schmerzen in seinem Bauch keine Beachtung mehr.
Karnındaki ağrıya artık hiç aldırış etmedi.
Egal wie groß der Schmerz sein würde, er würde es durchstehen.
Acı ne kadar büyük olursa olsun, üstesinden gelirdi.
Er ließ sich gegen die Lehne eines nahegelegenen Stuhls fallen.
Yakındaki bir sandalyenin arkasına yaslandı.
Und er hielt sich mit seinen kleinen Beinchen am Rand fest.
Ve küçük bacaklarıyla kenarlara tutundu.
Zu diesem Zeitpunkt hatte er sich besser im Griff.
Bu noktada kendini daha iyi kontrol altına almıştı.
Und sein Fall war stiller als der vorherige.
Ve onun düşüşü bir öncekinden daha sessiz oldu.
Weil er dem Manager zuhören musste.
Çünkü müdürün söylediklerini dinlemek zorundaydı.
„Habt ihr irgendetwas davon verstanden?", fragte er die Eltern.

"Bunlardan herhangi birini anladınız mı?" diye sordu
ebeveynlere.
"Er würde uns doch nicht zum Narren halten, oder?"
"Bizi aptal yerine koymazdı, değil mi?"
„Um Gottes Willen!", rief die Mutter und weinte bereits.
"Allah aşkına!" diye bağırdı anne, zaten ağlıyordu.
„Er könnte schwer krank sein und wir quälen ihn."
"Ciddi şekilde hasta olabilir ve biz ona eziyet ediyoruz."
"Grete! Grete!", schrie sie ihrer Tochter zu.
"Grete! Grete!" diye bağırdı kızına.
„Mutter?", rief die Schwester von der anderen Seite.
"Anne?" diye seslendi kız kardeş diğer taraftan.
Dann kommunizierten sie durch Gregors Zimmer.
Daha sonra Gregor'un odası aracılığıyla iletişim kurdular.
„Gregor ist sehr krank und braucht Medikamente."
"Gregor çok hasta ve ilaç alması gerekiyor."
„Sie müssen sofort zum Arzt gehen."
"Hemen doktora gitmeniz gerekecek."
Hast du gehört, wie Gregor eben gesprochen hat?
"Gregor'un az önce nasıl konuştuğunu duydun mu?"
„Das war die Stimme eines Tieres", sagte der Manager.
"Bu bir hayvanın sesiydi," dedi müdür.
**Seine Worte waren leise im Vergleich zu den Schreien der
Mutter.**
Onun sözleri, annenin çığlıklarına kıyasla çok daha sessizdi.
"Anna! Anna!", rief der Vater durch das Vorzimmer.
"Anna! Anna!" diye seslendi baba antreden.
**Und er klatschte in die Hände, um ihre Aufmerksamkeit zu
erregen.**
Ve dikkatlerini çekmek için ellerini çırptı.
**"Holt sofort einen Schlüsseldienst!", befahl er dem
Dienstmädchen.**
"Hemen bir çilingir çağırın!" diye emretti hizmetçiye.
**Die Mädchen rannten in ihren Röcken durch das
Vorzimmer.**
Kızlar etekleriyle antreden koşarak geçtiler.

Und ihre Röcke raschelten, als sie an seinem Zimmer
vorbeiliefen.
Odasının önünden koşarlarken etekleri hışırdadı.
„Wie konnte sich die Schwester so schnell anziehen?",
dachte er.
"Kız kardeş nasıl bu kadar çabuk giyindi?" diye düşündü.
Die Tür war aufgerissen, aber nicht zugeschlagen.
Kapı zorla açılmıştı ama sertçe kapatılmamıştı.
Dies kommt häufig in Haushalten vor, in denen ein großes
Unglück geschieht.
Bu durum, büyük bir felaketin yaşandığı evlerde sıkça
görülür.
All das hatte Gregor jedoch deutlich ruhiger gemacht.
Ama tüm bunlar Gregor'un çok daha sakinleşmesini
sağlamıştı.
Als er seine eigenen Worte hörte, erschienen sie ihm klar.
Kendi sözlerini duyduğunda, bunlar ona açık ve net
görünmüştü.
Tatsächlich war er der Ansicht, seine Worte seien eigentlich
klarer gewesen.
Aslında sözlerinin daha açık olduğunu düşünüyordu.
Die anderen aber verstanden nicht mehr, was er sagte.
Ama diğerleri artık onun ne dediğini anlamıyordu.
Vielleicht hatte er sich inzwischen an seine Ohren gewöhnt.
Belki de artık kulaklarına alışmıştı.
Aber zumindest verstanden sie seine Situation jetzt besser.
Ama en azından artık onun durumunu daha iyi anlıyorlardı.
Sie erkannten, dass mit ihm tatsächlich etwas nicht stimmte.
Onunla ilgili gerçekten bir sorun olduğunu anladılar.
Und sie taten nun alles, was sie konnten, um ihm zu helfen.
Ve şimdi ona yardım etmek için ellerinden gelen her şeyi
yapıyorlardı.
Dies gab Gregor ein Gefühl des Selbstvertrauens, das ihm
gefehlt hatte.
Bu durum Gregor'a özlediği özgüven duygusunu kazandırdı.
Und er fühlte sich in der Familie wieder viel sicherer.
Ve aile içinde kendini yeniden çok daha güvende hissetti.

Er hatte das Gefühl, wieder in den menschlichen Kreis aufgenommen zu sein.
İnsanlık camiasının bir parçası olduğunu yeniden hissetti.
Nun musste er hoffen, dass der Schlüsseldienst die Tür öffnen konnte.
Şimdi tek umudu çilingirin kapıyı açabilmesiydi.
Und er hoffte, der Arzt könne solche Aufgaben ausführen.
Ve doktorun bu tür görevleri yerine getirebileceğini umuyordu.
Er würde bald wieder mehr reden müssen.
Yakında tekrar konuşmak zorunda kalacaktı.
Seine Stimme musste so klar wie möglich sein.
Sesinin olabildiğince net olması gerekiyordu.
Zur Vorbereitung auf das Treffen räusperte er sich.
Toplantıya hazırlanmak için boğazını temizledi.
Er bemühte sich jedoch, nur sehr leise zu husten.
Ancak, elinden geldiğince sadece çok hafifçe öksürmeye çalıştı.
Das Geräusch klang möglicherweise anders als ein menschlicher Husten.
Bu ses, insan öksürüğünden farklı gelmiş olabilir.
Er wusste, dass er solche Dinge nicht mehr unterscheiden konnte.
Artık bu tür şeyleri birbirinden ayırt edemeyeceğini biliyordu.
Im Nebenzimmer war es vollkommen still geworden.
Yan odada tamamen sessizlik hakim olmuştu.
Die Eltern saßen wahrscheinlich am Tisch.
Anne ve baba muhtemelen masada oturuyorlardı.
Möglicherweise flüsterten sie mit dem Manager.
Müdürle fısıldaşıyor olabilirlerdi.
Vielleicht lehnten alle an der Tür und lauschten.
Belki de herkes kapıya yaslanmış dinliyordu.
Gregor schob den Stuhl langsam in Richtung Tür.
Gregor sandalyeyi yavaşça kapıya doğru itti.
Er stemmte sich gegen die Tür und hielt sich aufrecht.
Kapıya yaslandı ve kendini dik tuttu.

Er stellte fest, dass sich an seinen Fußsohlen ein wenig Klebstoff befand.

Ayak tabanlarında az miktarda yapıştırıcı olduğunu öğrendi.

Und er ruhte sich dort einen Moment lang von der Anstrengung aus.

Ve yorgunluktan bir anlığına orada dinlendi.

Nachdem er sich ausreichend ausgeruht hatte, begann er mit der nächsten Aufgabe.

Yeterince dinlendikten sonra, bir sonraki göreve başladı.

Er begann, den Schlüssel mit dem Mund im Schloss zu drehen.

Ağzıyla kilidin içindeki anahtarı çevirmeye başladı.

Leider schien er gar keine Zähne zu haben.

Ne yazık ki, gerçek dişlerinin olmadığı anlaşıldı.

Aber welche andere Möglichkeit hätte er gehabt, an die Schlüssel zu gelangen?

Peki anahtarları ele geçirmek için başka ne yolu vardı ki?

Zum Glück für ihn waren seine Kiefer natürlich sehr kräftig.

Neyse ki çenesi elbette çok güçlüydü.

Mit Hilfe seiner Kiefermuskeln brachte er den Schlüssel tatsächlich in Bewegung.

Çenelerinin yardımıyla anahtarı gerçekten de hareket ettirmeyi başardı.

Er hatte keinen Zweifel daran, dass er sich damit auch selbst schadete.

Kendine de zarar verdiğinden hiç şüphesi yoktu.

Weil eine braune Flüssigkeit aus seinem Mund kam.

Çünkü ağzından kahverengi bir sıvı geliyordu.

Die braune Flüssigkeit ergoss sich über den Schlüssel und die Tür hinunter.

Kahverengi sıvı anahtarın üzerinden akarak kapının aşağısına doğru yayıldı.

Aber Gregor kümmerte es nicht, dass er sich selbst schadete.

Ancak Gregor kendine zarar verdiğini umursamıyordu.

„Können Sie das hören?", fragte der Manager im Nebenraum.

Yan odadaki müdür, "Bunu duyabiliyor musunuz?" dedi.

„Er dreht den Schlüssel um", hatte der Manager bemerkt.
"Anahtarı çeviriyor," diye fark etmişti müdür.
Diese Worte waren eine große Ermutigung für Gregor.
Bu sözler Gregor için büyük bir cesaret kaynağı oldu.
Aber auch Vater und Mutter hätten rufen sollen:
Ama anne ve baba da seslerini yükseltmeliydi:
„Gut gemacht, Gregor!", hätten sie ihm zurufen sollen.
"Aferin Gregor!" diye bağırmaları gerekirdi ona.
„Immer weiter, immer weiter am Schlüssel drehen, du schaffst das."
"Devam et, anahtarı çevirmeye devam et, başarabilirsin."
Stattdessen musste Gregor sich ihre Begeisterung vorstellen.
Ama Gregor onların heyecanını hayal etmek zorunda kaldı.
Er presste die Zähne zusammen mit aller Kraft, die er hatte.
Tüm gücüyle çenesini sıktı.
Und er drehte den Schlüssel weiter im Schloss.
Ve anahtarı kilitte çevirmeye devam etti.
Sein Körper wand sich schmerzhaft im Kreis.
Vücudu acı içinde kendi etrafında bir daire çizerek döndü.
Er konnte sich nur noch mit dem Mund aufrecht halten.
Artık sadece ağzıyla ayakta durabiliyordu.
Um den Schlüssel weiterzudrehen, drückte er gegen die Tür.
Anahtarı çevirmeye devam etmek için kapıya bastırdı.
Schließlich weckte das Knacken des Schlosses Gregor wieder auf.
Sonunda kilidin açılma sesi Gregor'u tekrar uyandırdı.
„Ich brauchte also keinen Schlüsseldienst", seufzte er erleichtert.
"Yani çilingire ihtiyacım yokmuş," diye içini çekti rahatlamış bir şekilde.
Jetzt musste er nur noch die Tür öffnen, die er aufgeschlossen hatte.
Şimdi tek yapması gereken, kilidini açtığı kapıyı açmaktı.
Und mit dem Kopf auf dem Türgriff öffnete er die Tür.
Ve kafasını kapı koluna yaslayarak kapıyı açtı.
Er befand sich hinter der Tür, die in sein Zimmer führte.
Odasına açılan kapının ardındaydı.

Die Tür war also schon offen, bevor man ihn sehen konnte.
Dolayısıyla o görünmeden önce kapı çoktan açılmıştı.
Als Nächstes musste er sich um die Tür herummanövrieren.
Ardından kapının etrafından dolaşmak zorunda kaldı.
Diese schwierige Bewegung erforderte auch viel Mühe.
Bu zorlu hareket aynı zamanda çok çaba gerektirdi.
Er wollte nicht ungeschickt in den nächsten Raum fallen.
Yan odaya sakarca düşmek istemiyordu.
So hatte er keine Zeit, sich auf irgendetwas anderes zu konzentrieren.
Bu yüzden başka hiçbir şeye dikkat edecek vakti kalmadı.
Doch dann hörte er den Hauptsekretär laut „Oh!" ausrufen.
Ama sonra baş katibin yüksek sesle "Ah!" dediğini duydu.
Es klang, als würde der Wind durchs Haus rauschen.
Evin içinden adeta rüzgar esiyormuş gibi ses geliyordu.
Er war zufällig derjenige, der der Tür am nächsten stand.
Kapıya en yakın olan kişi oydu.
Und als er ihn nun sah, presste er die Hand an den Mund.
Ve şimdi onu görünce elini ağzına götürdü.
Langsam bewegte er sich rückwärts, weg von Gregor.
Yavaşça geriye doğru, Gregor'dan uzaklaştı.
Aber es war, als ob eine unsichtbare Kraft auf ihn einwirkte.
Ama sanki görünmez bir güç onun üzerinde etkili oluyordu.
Das Erste, was die Mutter tat, war, den Vater anzusehen.
Annenin ilk yaptığı şey babaya bakmak oldu.
Trotz der Anwesenheit des Managers war ihr Haar zerzaust.
Müdür orada olmasına rağmen saçları dağınıktı.
Sie verschränkte die Arme und machte zwei Schritte nach vorn.
Kollarını açtı ve iki adım ileri attı.
Doch dann brach sie mitten in ihrem Rock zusammen.
Ama sonra eteğinin ortasında yere yığıldı.
Ihr Kleid breitete sich um sie herum auf dem Boden aus.
Elbisesi yere serilerek etrafına dağıldı.
Und ihr Kopf verschwand auf ihren eigenen Brüsten.
Ve başı kendi göğüslerinin üzerine doğru kayboldu.

Der Vater ballte mit feindseligem Gesichtsausdruck die Faust.
Baba, düşmanca bir ifadeyle yumruğunu sıktı.
Er schien Gregor zurück in sein Zimmer drängen zu wollen.
Gregor'u odasına geri itmek istiyor gibiydi.
Dann blickte er unsicher im Wohnzimmer umher.
Ardından tereddütle oturma odasına bakındı.
Und schließlich bedeckte er seine Augen mit den Händen.
Sonunda da elleriyle gözlerini kapattı.
Und er weinte bitterlich, bis seine mächtige Brust erbebte.
Ve koca göğsü sarsılana kadar hıçkıra hıçkıra ağladı.
Gregor betrat ihr Zimmer tatsächlich gar nicht.
Gregor aslında onların odasına hiç girmedi.
Stattdessen lehnte er sich an den Türrahmen.
Bunun yerine kapı çerçevesine yaslandı.
Von außen war nur die Hälfte seines Körpers sichtbar.
Dışarıdakiler onun vücudunun sadece yarısını görebiliyordu.
Und auf seinem Körper befand sich sein Kopf, zur Seite geneigt.
Ve bedeninin üzerinde, yana doğru eğilmiş başı vardı.
Das Licht war inzwischen viel heller geworden als zuvor.
Artık ışık eskisinden çok daha parlak hale gelmişti.
Man konnte nun deutlich die andere Straßenseite sehen.
Artık caddenin karşı tarafı net bir şekilde görülebiliyordu.
Ein Teil des endlosen, grauen Krankenhauses gab sich zu erkennen.
Sonsuz, gri hastanenin bir bölümü kendini gösterdi.
Der Morgenregen hatte noch nicht ganz aufgehört.
Sabah yağmuru henüz tamamen dinmemişti.
Doch nun waren die Regentropfen größer und weiter voneinander entfernt.
Ama şimdi yağmur damlaları daha büyüktü ve birbirlerinden daha uzaktaydılar.
Das Frühstücksbuffet war in Hülle und Fülle vorhanden.
Kahvaltılık yemekler masada bol miktarda bulunuyordu.
Der Vater hielt das Frühstück für die wichtigste Mahlzeit.
Baba, kahvaltıyı en önemli öğün olarak görüyordu.

Das Frühstück war eine Mahlzeit, die er stundenlang in die
Länge zog.
Kahvaltıyı saatlerce uzattığı bir öğündü.
Und in diesen Stunden las er die verschiedenen Zeitungen.
Bu saatlerde çeşitli gazeteleri okudu.
Direkt gegenüber hing ein Foto von Gregor.
Tam karşı duvarda Gregor'un bir fotoğrafı asılıydı.
Das Foto an der Wand zeigte ihn als Leutnant.
Duvardaki fotoğrafta teğmen olarak görünüyordu.
Es war ein Foto aus seiner Zeit beim Militär.
Bu, askerlik yaptığı dönemden kalma bir fotoğraftı.
Seine Hand ruhte auf seinem Schwert, und er hatte ein
unbeschwertes Lächeln im Gesicht.
Eli kılıcının üzerindeydi ve yüzünde kaygısız bir gülümseme
vardı.
Seine Haltung und seine Uniform flößten einen gewissen
Respekt ein.
Duruşu ve üniforması belli bir saygı gerektiriyordu.
Die andere Tür, die zum Vorzimmer führte, war ebenfalls
offen.
Antreye açılan diğer kapı da açıktı.
Und die Tür zur Wohnung war auch noch offen.
Dairenin kapısı da hâlâ açıktı.
Man konnte bis zum Vorhof des Wohnhauses sehen.
Apartmanın ön avlusuna kadar her yer görülebiliyordu.
Und dann führte die Treppe hinunter auf die Straße.
Ve sonra merdivenler aşağıya, sokağa iniyordu.
Gregor war der Einzige, der die Fassung bewahrt hatte.
Gregor, soğukkanlılığını koruyan tek kişiydi.
Er hat das gesehen, daher lag die Verantwortung für das
Gespräch bei ihm.
Bunu gördü, bu yüzden konuşma onun sorumluluğundaydı.
"So, ich werde mich jetzt für die Arbeit anziehen", sagte er.
"Şimdi işe gitmek için giyineceğim," dedi.
„Sobald ich die Textilmuster verpackt habe, werde ich
abreisen."
"Tekstil örneklerini paketledikten sonra gideceğim."

"Beabsichtigen Sie immer noch, mich zu entlassen, Herr Prokurist?"
"Beni işten çıkarmayı hâlâ düşünüyor musunuz, Bay Prokurist?"
„Wie Sie sehen, bin ich nicht so stur, wie Sie dachten.“
"Gördüğünüz gibi, sandığınız kadar inatçı değilim."
„Und Sie können sehen, dass ich doch gerne arbeite.“
"Ve gördüğünüz gibi, sonuçta çalışmayı seviyorum."
„Ich kann zugeben, dass Reisen aus beruflichen Gründen nicht einfach ist.“
"İş için seyahat etmenin kolay olmadığını kabul edebilirim."
„Aber ich kann auch akzeptieren, dass es Teil meines Jobs ist.“
"Ama bunun işimin bir parçası olduğunu da kabul edebiliyorum."
"Manager, wo gehen Sie hin? Zurück ins Büro?"
"Müdürüm, nereye gidiyorsunuz? Ofise mi?"
„Werden Sie alles, was Sie gesehen haben, wahrheitsgemäß berichten?“
"Gördüğünüz her şeyi doğru bir şekilde bildirecek misiniz?"
„Manchmal kommt es vor, dass man nicht zur Arbeit gehen kann.“
"Bazen insan işe gidemeyebilir."
„Das ist der richtige Zeitpunkt, um sich an vergangene Erfolge zu erinnern.“
"Geçmişteki başarıları hatırlamanın tam zamanı."
„Nachdem die Schwierigkeit beseitigt wurde, funktioniert es sogar noch besser.“
"Zorluk ortadan kalktıktan sonra, işler daha da iyi gidiyor."
„Mein Fleiß und meine Konzentration werden zunehmen.“
"Çalışkanlığım ve konsantrasyonum artacak."
"Sie wissen ganz genau, dass ich dem Chef etwas schulde."
"Patrona borçlu olduğumu çok iyi biliyorsun."
„Aber ich mache mir auch Sorgen um meine Eltern und meine Schwester.“
"Ama aynı zamanda anne babam ve kız kardeşim için de endişeleniyorum."

„Ich stecke in einer schwierigen Lage, aber ich werde einen Weg finden, da wieder herauszukommen."
"Zor bir durumdayım ama bunun üstesinden geleceğim."
„Macht es nicht noch schwieriger, als es ohnehin schon ist."
"Zaten zor olan bu durumu daha da zorlaştırmayın."
„Als Kollegen müssen wir uns auch gegenseitig helfen."
"İş arkadaşları olarak birbirimize de yardımcı olmalıyız."
„Ich weiß, dass die Büroangestellten die Reisenden nicht mögen."
"Biliyorum ki ofis çalışanları seyahat edenlerden hoşlanmıyor."
„Ihr glaubt, wir verdienen ein Vermögen und führen ein gutes Leben."
"Sizce biz çok para kazanıyor ve iyi bir hayat sürüyoruz."
„Sie haben keinen wirklichen Grund, ihre Vorurteile zu hinterfragen."
"Önyargılarını dikkate almaları için gerçek bir sebepleri yok."
„Sie als befugter Beamter haben jedoch eine andere Rolle."
"Ancak siz, yetkili memur olarak, farklı bir role sahipsiniz."
„Sie haben einen besseren Überblick als die anderen Mitarbeiter."
"Diğer personele göre daha iyi bir genel bakışa sahipsiniz."
„Tatsächlich glaube ich, dass Sie den besten Überblick haben."
"Aslında bence en iyi genel bakışa siz sahipsiniz."
„Sie haben einen besseren Überblick als der Chef selbst."
"Patronun kendisinden daha iyi bir genel bakış açısına sahipsiniz."
„Ich gebe zu, dass der Chef die unternehmerische Arbeit leistet."
"Patronun girişimcilik işini yaptığını kabul ediyorum."
„Aber es ist leicht, dass seine Urteile in die Irre geführt werden."
"Ancak onun yargılarının yanıltılması kolaydır."
„Und diese kleinen Fehleinschätzungen können uns zum Nachteil gereichen."
"Ve bu küçük hatalar bizim zararımıza olabilir."

„Sie wissen ja, wie leicht es ist, über den Reisenden zu
sprechen."
"Yolculuk edenler hakkında konuşmanın ne kadar kolay
olduğunu biliyorsunuz."
„Er ist nicht da, um seinen Ruf vor Gerüchten zu
verteidigen."
"Orada itibarını dedikodulardan korumak için bulunmuyor."
„Diese Anschuldigungen können leicht nur Zufälle sein."
"Bu suçlamalar kolaylıkla sadece tesadüf olabilir."
„Viele Beschwerden beruhen nicht einmal auf irgendeiner
Wahrheit."
"Birçok şikayetin gerçek bir temeli bile yok."
„Er ist fast das ganze Jahr über nicht im Büro."
"Yılın neredeyse tamamında ofiste değil."
Welche Chance hat er, seinen Ruf zu verteidigen?
"Kendi itibarını savunmak için ne gibi bir şansı olabilir ki?"
„Er erfährt gar nichts von den Anschuldigungen."
"Suçlamaları duymasına bile fırsat bulamıyor."
„Er erfährt erst, was gesagt wurde, wenn es zu spät ist."
"Söylenenleri ancak çok geç olduğunda öğreniyor."
„Zu diesem Zeitpunkt ist er von der Tagesreise völlig
erschöpft."
"O aşamada günün yolculuğundan dolayı bitkin düşmüş
olur."
„Er muss die schrecklichen Konsequenzen trotzdem am
eigenen Leib erfahren."
"Her halükarda bu korkunç sonuçları yaşamak zorunda
kalacak."
„Auch wenn er keine Möglichkeit hat, das Problem zu
verstehen."
"Sorunu anlamasının hiçbir yolu olmamasına rağmen."
"Oh Manager, gehen Sie nicht, ohne mir ein Wort zu sagen."
"Müdürüm, bana bir şey söylemeden gitmeyin lütfen."
„Sag mir wenigstens, dass du mir teilweise zustimmst."
"En azından benimle kısmen aynı fikirde olduğunu söyle."
Der Manager hatte sich aber schon viel früher von Gregor
abgewandt.

Ancak menajer, Gregor'dan çok daha önce yüz çevirmişti.

Seine Schulter zuckte, als er Gregor anblickte.

Gregor'a baktığında omzu seğirdi.

Und er blieb während der gesamten Rede kein einziges Mal stehen.

Konuşma boyunca bir an bile yerinde durmadı.

Er hatte Gregor mit zusammengepressten Lippen angesehen.

Dudaklarını büzerek Gregor'a bakıyordu.

Er hatte sich allmählich in Richtung Tür zurückgezogen.

Yavaş yavaş kapıya doğru geri çekiliyordu.

Aber auch er konnte den Blick nicht von Gregor abwenden.

Ama o da gözlerini Gregor'dan alamıyordu.

Er hatte das Gefühl, es gäbe ein geheimes Verbot, den Raum zu verlassen.

Odayı terk etmesinin gizlice yasaklandığını hissetti.

Zu diesem Zeitpunkt befand er sich aber bereits in der Eingangshalle.

Ancak bu aşamada o zaten giriş holündeydi.

Und nun machte er eine plötzliche Bewegung in Richtung Ausgang.

Ve şimdi aniden çıkışa doğru bir hareket yaptı.

Er streckte seine rechte Hand in Richtung der Treppe aus.

Sağ elini merdivenlere doğru uzattı.

Vielleicht wartete eine übernatürliche Macht darauf, ihn zu retten.

Belki de onu kurtarmak için doğaüstü bir güç bekliyordu.

Gregor wusste, dass er ihn so nicht gehen lassen konnte.

Gregor onun bu şekilde gitmesine izin veremeyeceğini biliyordu.

Der Manager darf nicht in der Stimmung zurückkehren, in der er sich befand.

Yönetici, o anki ruh haliyle geri dönmemeli.

Gregors Arbeitsplatz war stark gefährdet.

Gregor'un işinin güvenliği büyük risk altındaydı.

Die Eltern konnten das alles nicht vollständig verstehen.

Anne ve baba tüm bunları tam olarak anlayamadılar.

Über die Jahre hatten sie sich an seine Arbeitsplatzsicherheit gewöhnt.

Yıllar geçtikçe onun iş güvencesine alışmışlardı.

Und sie waren davon überzeugt, dass er den Job auf Lebenszeit hatte.

Ve onun ömür boyu bu işte kalacağına ikna olmuşlardı.

Stattdessen hatten sie sich mit anderen Sorgen beschäftigt.

Bunun yerine başka endişelerle meşgul olmaya başlamışlardı.

Doch diese Bedenken führten dazu, dass sie jegliche Weitsicht verloren.

Ancak bu endişeler onların öngörülerini tamamen kaybetmelerine yol açtı.

Gregor hatte jedoch die elterliche Weitsicht nicht verloren.

Gregor ise ebeveynlerinin öngörüsünü kaybetmemişti.

Jemand musste den Bevollmächtigten stoppen.

Birinin yetkili temsilciyi durdurması gerekiyordu.

Er musste ihn beruhigen und überzeugen.

Onu sakinleştirmesi ve ikna etmesi gerekecekti.

Davon hing die Zukunft von Gregor und seiner Familie ab!

Gregor ve ailesinin geleceği buna bağlıydı!

Wenn doch nur die kluge Schwester da gewesen wäre, um zu helfen.

Keşke zeki kız kardeş burada olup yardım edebilseydi.

Sie hatte schon geweint, als Gregor noch in seinem Zimmer war.

Gregor daha odasındayken o çoktan ağlamıştı.

Zu diesem Zeitpunkt lag er einfach nur ruhig auf dem Rücken.

O sırada sırtüstü sessizce yatıyordu.

Sie wusste damals schon um die Bedeutung der Situation.

O zaman bile durumun önemini biliyordu.

Über Manager hatte bekanntermaßen eine Schwäche für Frauen.

Müdürün kadınlara karşı bilinen bir zaafı vardı.

Sie hätte ihn leicht dazu überreden können, länger zu bleiben.

Onu daha uzun süre kalmaya kolayca ikna edebilirdi.

Sie hätte die Tür geschlossen und ihn wieder hineingeführt.
Kapıyı kapatıp onu içeriye geri yönlendirirdi.
Doch leider war die Schwester bereits aufgebrochen, um einen Arzt zu holen.
Ama ne yazık ki kız kardeş doktora gitmişti.
Deshalb blieb Gregor nichts anderes übrig, als es selbst zu tun.
Bu nedenle Gregor'un bunu bizzat kendisinin yapmaktan başka seçeneği yoktu.
Er hatte nicht bedacht, welche Fähigkeiten er tatsächlich besaß.
Gerçek yeteneklerinin ne olduğunu hiç düşünmemişti.
Und er hatte vergessen, seiner Fähigkeit zu sprechen zu misstrauen.
Ve konuşma yeteneğine olan güvensizliğini unutmuştu.
Dennoch verließ er die Sicherheit seines Zimmers.
Ama yine de odasının güvenli ortamını terk etti.
Und er drängte sich durch die Öffnung des Zimmers.
Ve odanın girişinden kendini zorla içeri itti.
Der Manager war bereits auf dem Weg die Treppe hinunter.
Müdür çoktan merdivenlerden aşağı inmeye başlamıştı.
Aber er hielt sich mit beiden Händen am Geländer fest.
Ama o, iki eliyle de korkuluklara tutunuyordu.
Gregor stürzte, als er sich durch die Tür schob.
Gregor kapıdan geçerken düştü.
Er stieß einen kleinen Schrei aus, als er nach Halt griff.
Destek ararken hafifçe çığlık attı.
Doch anstatt in Panik zu geraten, verspürte er ein körperliches Wohlbefinden.
Ancak paniklemek yerine, fiziksel bir iyilik hali hissetti.
Zum ersten Mal an diesem Morgen fühlte sich etwas richtig an.
O sabah ilk defa bir şeyler yolunda gibi geldi.
Alle seine Beine standen nun auf festem Boden.
Artık bacaklarının her birinin altında sağlam bir zemin vardı.
Er war überrascht, wie gut er seine Beine kontrollieren konnte.

Bacaklarını ne kadar iyi kontrol edebildiğine şaşırdı.

Er freute sich, festzustellen, dass seine Beine ihm vollkommen gehorchten.

Bacaklarının kendisine tamamen itaat ettiğini fark etmek onu mutlu etti.

Tatsächlich trugen ihn seine Beine überall hin, wo er hinwollte.

Aslında bacakları onu istediği yere götürüyordu.

Bald würden all seine Sorgen ein Ende finden.

Yakında tüm üzüntülerinin sona ermesi kaçınılmazdı.

Doch im selben Augenblick sprang seine eigene Mutter auf.

Ama tam o anda kendi annesi de ayağa fırladı.

Ihre Arme waren ausgestreckt und ihre Finger gespreizt.

Kollarını açmış, parmaklarını açmıştı.

Und sie schrie: „Hilfe, um Gottes willen, helft mir!"

Ve "Yardım edin, Tanrı aşkına biri yardım etsin!" diye bağırdı.

Sie neigte den Kopf; sie wollte Gregor besser sehen.

Başını yana eğdi; Gregor'u daha iyi görmek istiyordu.

Doch im Gegensatz zu ihrer ersten Handlung rannte sie zurück.

Ancak ilk hareketinin aksine, geri koştu.

Sie hatte vergessen, dass der Tisch hinter ihr gedeckt war.

Masanın arkasında kurulu olduğunu unutmuştu.

Alle Speisen fürs Frühstück standen noch auf dem Tisch.

Kahvaltı için hazırlanan her şey hâlâ masanın üzerindeydi.

Sie setzte sich hastig auf den Tisch, als sei sie abgelenkt.

Sanki dikkati dağılmış gibi aceleyle masaya oturdu.

Und sie schien den verschütteten Kaffee nicht zu bemerken.

Ve dökülen kahveyi fark etmemiş gibiydi.

Der Kaffee, der inzwischen in den Teppich eingezogen war.

Kahve artık halıya iyice işlemişti.

„Mutter, Mutter", sagte Gregor leise und blickte zu ihr auf.

"Anne, anne," dedi Gregor usulca, ona bakarak.

Im Moment war ihm der Manager nicht wichtig.

Şu an için yönetici onun için önemli değildi.

Aber da war auch noch der Kaffee, der auf den Teppich tropfte.

Ama bir de halıya kahve damlıyordu.

Gregor konnte nicht widerstehen und schnappte nach dem Kaffee.

Gregor kahveye olan düşkünlüğünü gizleyemedi ve çenesini şaklattı.

Die Mutter fing wegen seines Verhaltens wieder an zu weinen.

Annesi, oğlunun bu davranışından dolayı tekrar ağlamaya başladı.

Sie sprang vom Tisch, um Abstand von ihm zu gewinnen.

Ondan uzaklaşmak için masadan atladı.

Und sie rannte in die Arme ihres Vaters, um Schutz zu suchen.

Ve kız çocuğu, güvenliğe kavuşmak için babasının kollarına koştu.

Doch Gregor hatte jetzt keine Zeit mehr für seine Eltern.

Ama Gregor'un artık anne babasına ayıracak vakti yoktu.

Der zuständige Beamte befand sich bereits auf der Treppe.

Yetkili memur zaten merdivenlerdeydi.

Er hatte sein Kinn auf dem Geländer, um ins Haus zu schauen.

Çenesini korkuluğa dayamış, evin içine bakıyordu.

Offenbar wollte er sich das Spektakel noch ein letztes Mal ansehen.

Görünüşe göre bu gösteriyi son bir kez daha izlemek istemiş.

Und Gregor unternahm einen letzten Versuch, den Manager zu erreichen.

Gregor da müdüre ulaşmak için son bir girişimde bulundu.

Er rannte so sicher wie möglich zur Tür.

Mümkün olduğunca güvenli bir şekilde kapıya doğru koştu.

Aber der Hauptsekretär muss etwas geahnt haben.

Ama baş katip bir şeylerden şüphelenmiş olmalıydı.

Denn er sprang mehrere Stufen hinunter und verschwand.

Çünkü birkaç basamak aşağı atladı ve gözden kayboldu.

"Huh!", rief Gregor, und sein Ruf hallte durch das Treppenhaus.

"Hıh!" diye bağırdı Gregor, sesi merdiven boşluğunda yankılandı.

Die Flucht des Managers schien auch seinen Vater zu verwirren.

Müdürün kaçışı babasını da şaşırtmış gibiydi.

Bis dahin war es ihm gelungen, recht gefasst zu bleiben.

O ana kadar oldukça sakin kalmayı başarmıştı.

Doch leider verlor auch er die Fassung, die er zuvor besessen hatte.

Ama ne yazık ki o da sahip olduğu soğukkanlılığı kaybetti.

Er hätte Gregor bei seinem Vorhaben helfen sollen.

Yapması gereken şey Gregor'a bu arayışında yardımcı olmaktı.

Doch er packte den Gehstock des Managers mit einer Hand.

Ama o, müdürün bastonunu tek eliyle kavradı.

In seiner anderen Hand hielt er nun eine Zeitung.

Diğer elinde ise bir gazete tutuyordu.

Und nun behinderte er Gregor direkt bei seinem Vorhaben.

Ve böylece Gregor'un bu arayışına doğrudan engel oldu.

Er hatte sich zwischen Gregor und die Straße gestellt.

Kendini Gregor ile sokak arasına yerleştirmişti.

Er stampfte mit den Füßen auf und fuchtelte mit dem Stock und der Zeitung herum.

Ayaklarını yere vurdu, elindeki sopayı ve gazeteyi salladı.

Und er zwang Gregor aktiv zurück in sein Zimmer.

Ve Gregor'u aktif olarak odasına geri dönmeye zorluyordu.

Keine der Bitten, die Gregor äußerte, half.

Gregor'un yaptığı hiçbir talep işe yaramadı.

Weil keines seiner Anliegen verstanden wurde.

Çünkü yaptığı isteklerin hiçbiri anlaşılmadı.

Er wandte den Kopf in eine tiefere, demütigere Haltung.

Başını daha derin, daha alçakgönüllü bir açıya çevirdi.

Doch sein Vater antwortete, indem er noch heftiger mit den Füßen aufstampfte.

Ama babası ayaklarını daha da sertçe yere vurarak karşılık verdi.

Die Mutter öffnete trotz des kühlen Wetters ein Fenster.

Anne, hava soğuk olmasına rağmen bir pencere açtı.

Und sie presste ihr Gesicht in die Hände vor Kälte.

Ve soğukta yüzünü ellerine gömdü.

Der Wind konnte nun durch die gesamte Wohnung strömen.

Rüzgar artık dairenin tamamından geçebiliyordu.

Ein starker Luftzug wehte vom Treppenhaus in die Gasse.

Merdivenlerden sokağa doğru güçlü bir rüzgar esiyordu.

Die Vorhänge wurden vom starken Wind hin und her bewegt.

Güçlü rüzgar perdeleri savuruyordu.

Und die Zeitung auf dem Tisch raschelte im Wind.

Masadaki gazete rüzgarda hışırdadı.

Sogar einige Blätter wurden von draußen ins Haus geweht.

Hatta dışarıdan içeriye bazı yapraklar bile uçmuştu.

Der Vater stampfte mit den Füßen und schob unerbittlich.

Baba ayaklarını yere vurdu ve amansızca itti.

Und er zischte und gab Geräusche von sich, wie es ein Wilder tun würde.

Ve vahşi bir adamın çıkarabileceği gibi tısladı ve sesler çıkardı.

Gregor hatte das Rückwärtsgehen aber noch nicht geübt.

Ancak Gregor henüz geriye doğru yürümeyi öğrenmemişti.

Selbst Gregor würde zugeben, dass diese Bewegung wesentlich langsamer vonstatten ging.

Gregor bile bu hareketin çok daha yavaş olduğunu kabul ederdi.

Doch alles, was er wollte, war die Gelegenheit, umzukehren.

Oysa onun tek istediği, geri dönme fırsatıydı.

Dann wäre er sofort in sein Zimmer gegangen.

O zaman hemen odasına giderdi.

Aber er hatte zu große Angst, seinen Vater ungeduldig zu machen.

Ama babasını sabırsızlandırmaktan çok korkuyordu.

Und es bestand die Drohung mit einem Schlag mit dem Stock.

Ve bir de sopayla vurma tehdidi vardı.

Ein solcher Schlag auf den Hinterkopf könnte tödlich sein.

Kafanın arka kısmına gelen böyle bir darbe ölümcül olabilir.

Am Ende blieb Gregor jedoch keine andere Wahl.

Ama sonunda Gregor'un başka seçeneği kalmadı.

Ihm wurde klar, dass er nicht einmal mehr geradeaus rückwärts gehen konnte.

Geriye doğru bile düzgün yürüyemediğini fark etti.

Er begann sich so schnell wie möglich umzudrehen.

Olabildiğince hızlı bir şekilde arkasını dönmeye başladı.

Doch in Wirklichkeit war diese Drehbewegung genauso langsam.

Ama gerçekte bu dönüş hareketi de aynı derecede yavaştı.

Und ihm folgten die besorgten Blicke des Vaters.

Babası da endişeli bakışlarla onu takip etti.

Vielleicht bemerkte der Vater Gregors gute Absichten.

Belki de baba, Gregor'un iyi niyetini fark etmiştir.

Weil er ihn nicht daran hinderte, sich umzudrehen.

Çünkü onun arkasını dönmesine engel olmadı.

Er benutzte sogar die Spitze seines Stocks, um die Drehung zu steuern.

Hatta dönüş hareketini yönlendirmek için sopasının ucunu bile kullandı.

Gregor wünschte sich aber dennoch, sein Vater hätte ihn nicht angefaucht!

Ama Gregor yine de babasının kendisine tıslamamasını diledi!

Das Zischen trug nur noch zur Verwirrung des Augenblicks bei.

Tıslama sesi, o anki kafa karışıklığını daha da artırdı.

Und dann unterlief ihm ein Fehler, und er bog in die falsche Richtung ab.

Sonra bir hata yaptı ve yanlış yöne döndü.

Am Ende gelang es ihm schließlich doch, den richtigen Weg einzuschlagen.

Sonunda doğru yöne bakmayı başardı.

Und er war zufrieden mit den Fortschritten, die er gemacht hatte.

Ve kaydettiği ilerlemeden memnundu.

Doch dann trat das nächste Problem noch deutlicher zutage.

Ancak daha sonra bir sonraki sorun daha da belirgin hale geldi.

Sein Körper war zu breit, um problemlos durch die Tür zu passen.

Vücut yapısı kapıdan rahatça geçemeyecek kadar genişti.

In seinem jetzigen Zustand bemerkte der Vater dies nicht.

Şu anki durumunda baba bunu fark etmedi.

Deshalb kam es ihm nicht in den Sinn, die Tür weiter zu öffnen.

Dolayısıyla kapıyı daha fazla açmak aklına bile gelmedi.

Dann wäre genügend Platz für Gregor gewesen.

O zaman Gregor için yeterli yer olurdu.

Seine einzige Priorität war es, Gregor in sein Zimmer zu bringen.

Onun tek önceliği Gregor'u odasına sokmaktı.

Er hätte aufstehen müssen, um durch die Tür zu passen.

Kapıdan geçebilmek için ayağa kalkması gerekirdi.

Der Vater hätte ein solches Manöver jedoch nicht zugelassen.

Ancak baba böyle bir manevraya izin vermezdi.

Tatsächlich fauchte er ihn noch heftiger an als zuvor.

Hatta ona daha öncekinden bile daha vahşi bir şekilde tıslıyordu.

Es klang nach mehr als nur einem Mann, der ihn anzischt.

Ona tıslayan tek bir adamdan daha fazlası gibi geliyordu.

Seine Forderungen schienen nun an Dringlichkeit gewonnen zu haben.

Taleplerinin ardında yeni bir aciliyet varmış gibi görünüyordu.

Für Spielereien war jetzt wirklich keine Zeit mehr.

Artık oyalanacak vakit kalmamıştı.

Was auch immer geschah, Gregor musste durch die Tür gelangen.

Ne olursa olsun, Gregor kapıdan geçmek zorundaydı.

Er kämpfte sich ohne jegliche Rücksicht auf sich selbst durch.

Kendini hiç önemsemeden, tüm gücüyle mücadele etti.

Durch die Bewegung wurde eine Seite seines Körpers nach oben gedrückt.

Hareketin etkisiyle vücudunun bir tarafı yukarı doğru kalktı.

Und er lag unbeholfen und schief zwischen den Türrahmen.

Kapı aralığının arasında garip ve çarpık bir şekilde uzandı.

Eine seiner Flanken war am Holz wundgescheuert.

Yan taraflarından biri tahtaya sürtünerek yara olmuştu.

Und er hatte hässliche Flecken auf der weiß gestrichenen Tür hinterlassen.

Ve beyaz boyalı kapıya çirkin lekeler bırakmıştı.

Auf einer Seite seines Körpers hingen die Beine zitternd in der Luft.

Vücudunun bir tarafındaki bacakları havada titreyerek sarkıyordu.

Seine anderen Beine drückten schmerzhaft gegen den Boden.

Diğer bacakları da acı verici bir şekilde yere bastırılmıştı.

Bald würde er vollständig zwischen den Türen eingeklemmt sein.

Çok yakında tamamen kapının arasına sıkışıp kalacaktı.

Und dann hätte er sich überhaupt nicht mehr bewegen können.

O zaman hiç hareket edemezdi.

Doch der Vater gab ihm einen wahrhaft befreienden, starken Anstoß.

Ama baba ona gerçekten özgürleştirici, güçlü bir itme verdi.

Und er stürzte, stark blutend, tief in sein Zimmer hinein.

Ve kanlar içinde odasının derinliklerine doğru yere yığıldı.

Der Vater knallte die Tür hinter sich mit seinem Stock zu.

Baba, elindeki bastonla kapıyı arkasından sertçe çarptı.

Und dann kehrte endlich wieder Ruhe ein.

Ve sonunda yeniden biraz huzur ve sessizlik oldu.

Gregor wachte erst viel später am Tag auf.
Gregor günün çok daha geç saatlerine kadar uyanmadı.
Die Dämmerung war hereingebrochen; er hatte tief und fest geschlafen.
Akşam karanlığı çökmüştü; derin ve bilinçsiz bir uykuya dalmıştı.
Er wäre auch ohne Störung aufgewacht.
Rahatsız edilmese bile uyanırdı.
Denn er fühlte sich ausreichend ausgeruht und gut geschlafen.
Çünkü gerçekten de yeterince dinlenmiş ve iyi uyumuş hissediyordu.
Aber er glaubte, draußen flüchtige Schritte zu hören.
Ama dışarıdan birkaç ayak sesi duyduğunu sandı.
Und vielleicht hat jemand die Haustür sorgfältig geschlossen.
Ve birisi ön kapıyı dikkatlice kapatmış olabilir.
Das Licht der elektrischen Straßenbahn lag blass an der Decke.
Elektrikli tramvayın ışığı tavanda soluk bir şekilde yansıyordu.
Auch die Oberseite der Möbel wurde ein wenig beleuchtet.
Mobilyaların üst kısımları da biraz ışık aldı.
Doch unten am Boden, auf Gregors Höhe, war es dunkel.
Ama aşağıda, Gregor'un bulunduğu seviyede, hava karanlıktı.
Seine Beine schoben ihn langsam wieder in Richtung Tür.
Bacakları onu yavaşça tekrar kapıya doğru itti.
Er war sehr neugierig, zu sehen, was dort geschehen war.
Orada neler olup bittiğini görmek için çok meraklıydı.
Seine Kontrolle über seine Fühler war jedoch noch nicht entwickelt.
Ancak antenlerini kontrol etme yeteneği henüz gelişmemişti.
Obwohl er diese neuen Sensoren allmählich zu schätzen begann.

Her ne kadar bu yeni sensörleri takdir etmeye başlamış olsa da.

Eine lange, unansehnliche Narbe schien seine linke Seite hinunterzulaufen.

Sol tarafında uzun ve hoş olmayan bir yara izi vardı.

Die Narbe fühlte sich an, als würde sie diese Seite seines Körpers einengen.

Yara izi, vücudunun o tarafını sıkıştırıyormuş gibi hissettiriyordu.

Und so musste er buchstäblich auf seinen zwei Beinreihen humpeln.

Bu yüzden kelimenin tam anlamıyla iki sıra bacağı üzerinde topallayarak yürümek zorunda kaldı.

Eines seiner Beine war an diesem Morgen schwer verletzt worden.

O sabah bacaklarından biri ciddi şekilde yaralanmıştı.

Es war wirklich ein Wunder, dass er sich nicht noch mehr Beine gebrochen hatte.

Daha fazla bacağını kırmamış olması gerçekten bir mucizeydi.

Und so schleppte er sein verletztes Bein leblos hinter sich her.

Ve böylece yaralı bacağını cansız bir şekilde arkasından sürükledi.

Als er die Tür erreichte, erkannte er etwas Tiefgreifendes.

Kapıya vardığında çok önemli bir şeyi fark etti.

Es war der Geruch von etwas, der ihn dorthin gelockt hatte.

Onu oraya çeken bir şeyin kokusuydu.

In Gregors Zimmer war etwas Essbares für ihn hinterlassen worden.

Gregor'un odasında onun için yenilebilir bir şeyler bırakılmıştı.

Stückchen Weißbrot schwimmen in einer Schüssel mit süßer Milch.

Tatlı süt dolu bir kasede yüzen beyaz ekmek parçaları.

Er konnte seine innere Freude kaum verbergen.

İçindeki sevinci zorlukla kontrol edebiliyordu.

Er war jetzt noch hungriger als am Morgen.

Sabah olduğundan daha da acıkmıştı şimdi.

Er tauchte sofort seinen Kopf in die Schüssel mit Milch.

Hemen başını süt dolu kaseye daldırdı.

Die Milch quoll ihm fast über den ganzen Kopf, bis zu den Augen.

Süt neredeyse başının tamamını, gözlerine kadar kaplamıştı.

Doch schon bald riss er den Kopf zurück, bitter enttäuscht.

Ama kısa süre sonra başını geri çekti, büyük bir hayal kırıklığı içindeydi.

Das Essen war aufgrund seiner empfindlichen linken Seite schwierig.

Sol tarafının hassasiyeti nedeniyle yemek yemekte zorlanıyordu.

Und er konnte nur essen, indem er mit dem ganzen Körper keuchte.

Ve ancak tüm vücuduyla nefes nefese kalarak yemek yiyebiliyordu.

Das war jedoch nicht der wahre Grund für seine Enttäuschung.

Ama hayal kırıklığının gerçek sebebi bu değildi.

Milch war schon immer eines seiner Lieblingsgerichte gewesen.

Süt, her zaman en sevdiği yiyeceklerden biri olmuştur.

Er hatte keinen Zweifel daran, dass seine Schwester sich daran erinnerte.

Kız kardeşinin bunu hatırladığından hiç şüphesi yoktu.

Und das war der Grund, warum sie ihm Milch gegeben hatte.

İşte bu yüzden ona süt vermişti.

Er konnte nicht erklären, warum er Milch jetzt nicht mehr mochte.

Sütü neden artık sevmediğini açıklayamadı.

Und er wandte sich fast widerwillig von der Schüssel ab.

Ve neredeyse isteksizce kaseden uzaklaştı.

Enttäuscht kroch er zurück in die Mitte des Raumes.

Hayal kırıklığına uğrayarak odanın ortasına doğru sürünerek geri döndü.

Hier konnte er durch den Türspalt hindurchsehen.
Kapı aralığından içeriyi görebiliyordu.
Er konnte sehen, dass im Wohnzimmer das Feuer brannte.
Salondaki şöminenin yandığını görebiliyordu.
Gewöhnlich las der Vater um diese Zeit die Zeitung.
Genellikle bu saatlerde baba gazete okurdu.
Er las seiner Mutter immer mit erhobener Stimme vor.
Annesine her zaman yüksek sesle kitap okurdu.
Manchmal lauschte auch die Schwester dem Vater.
Bazen kız kardeş de babayı dinlerdi.
Sie hatte Gregor immer von diesem Vorlesen erzählt.
O, bu sesli okuma etkinliğinden her zaman Gregor'a
bahsederdi.
Doch heute war aus dem Zimmer kein Laut zu hören.
Ama bugün odadan hiçbir ses gelmiyordu.
Vielleicht war diese Gewohnheit bereits in Vergessenheit
geraten.
Belki de bu alışkanlık artık uygulanmıyordu.
Eine tiefe Stille hatte sich über die gesamte Wohnung gelegt.
Dairenin tamamına derin bir sessizlik çökmüştü.
Obwohl er wusste, dass die Wohnung ganz sicher nicht leer
war.
Dairenin kesinlikle boş olmadığını bilmesine rağmen.
„Was für ein ruhiges Leben die Familie doch führte", dachte
Gregor.
"Ne kadar da sakin bir hayat sürüyorlar aile," diye düşündü
Gregor.
Und er blickte mit großem Stolz in die Dunkelheit.
Ve büyük bir gururla karanlığa baktı.
Er war stolz auf das Leben, das er ihnen hatte ermöglichen
können.
Onlara sunabildiği hayattan gurur duyuyordu.
Er war stolz auf die schöne Wohnung, in der sie lebten.
Yaşadıkları güzel daireyle gurur duyuyordu.
Doch sollte dieser Frieden nun ein schreckliches Ende
nehmen?
Peki tüm bu huzur korkunç bir sonla mı bitecekti?

Würde man ihnen ihren Wohlstand nehmen?

Refahları ellerinden mi alınacaktı?

War ihre Zufriedenheit nun in Zukunft ungewiss?

Artık gelecekleri belirsiz miydi?

Doch er wollte sich nicht in solchen Gedanken verlieren.

Ama o, bu tür düşüncelere dalmak istemiyordu.

Um sich die Zeit zu vertreiben, kroch er die Wände rauf und runter.

Kendini meşgul etmek için duvarlarda sürünerek yukarı aşağı hareket etti.

Im Laufe des langen Abends wurde eine Tür einen Spalt breit geöffnet.

Uzun akşam boyunca kapılardan biri hafifçe aralıktı.

Und zu einem anderen Zeitpunkt öffnete sich die andere Tür einen Spaltbreit.

Bir başka zaman da diğer kapı biraz aralandı.

Doch beide Male wurden die Türen schnell wieder geschlossen.

Ancak her iki seferde de kapılar hızla tekrar kapatıldı.

Offenbar hatte jemand draußen den Wunsch, hereinzukommen.

Belli ki dışarıdan birileri içeri girme isteği duymuş.

Aber sie hatten auch zu viele Bedenken, hereinzukommen.

Ancak içeri girmek konusunda da çok fazla endişeleri vardı.

Gregor blieb nun direkt vor der Wohnzimmertür stehen.

Gregor tam oturma odasının kapısında durdu.

Er war fest entschlossen, den zögernden Besucher irgendwie zu verführen.

O, tereddüt eden ziyaretçiyi bir şekilde cezbetmeye kararlıydı.

Und er wollte auch wissen, wer der Besucher gewesen war.

Ayrıca ziyaretçinin kim olduğunu da öğrenmek istiyordu.

Doch an diesem Abend wurde die Tür kein drittes Mal geöffnet.

Fakat o akşam kapı üçüncü kez açılmadı.

Und Gregor verbrachte seine Zeit vergeblich damit, an der Tür zu warten.

Gregor kapının önünde boş yere bekledi.

Früher am Tag wollten sie alle in den Raum kommen.
O günün erken saatlerinde hepsi odaya girmek istemişti.
**Jetzt, da die Türen unverschlossen waren, würde es ihnen
leichter fallen.**
Kapılar artık açık olduğuna göre işleri daha kolay olacaktı.
**Aber sie entschieden sich dafür, auf der anderen Seite des
Raumes zu bleiben.**
Ama onlar odanın diğer tarafında kalmayı tercih ettiler.
**Gregor bemerkte, dass die Schlüssel nicht mehr in ihren
Schlössern steckten.**
Gregor anahtarların artık kilitlerde olmadığını fark etti.
**Jemand muss die Schlüssel zum Außenschloss umgesteckt
haben.**
Birisi dış kapı kilidinin anahtarlarını yerinden oynatmış
olmalı.
**Erst spät in der Nacht wurde das Licht im Wohnzimmer
ausgeschaltet.**
Salonun ışığı ancak gece geç saatlerde kapatılırdı.
Die Familie muss die ganze Zeit wach geblieben sein.
Ailenin tüm süre boyunca uyanık kalmış olması gerekiyor.
**Und Gregor konnte deutlich hören, wie sie sich auf
Zehenspitzen davonschlichen.**
Gregor onların sessizce uzaklaştıklarını açıkça duyabiliyordu.
Nun würde bis zum Morgen niemand zu Gregor kommen.
Artık sabaha kadar kimse Gregor'un yanına gelmeyecekti.
So hatte er lange Zeit für sich, um ungestört nachzudenken.
Bu sayede uzunca bir süre yalnız kaldı ve rahatsız edilmeden
düşünme fırsatı buldu.
Wie könnte man sein Leben jetzt am besten neu ordnen?
Hayatını yeniden düzenlemenin en iyi yolu ne olurdu?
Doch die hohen Wände des leeren Zimmers ängstigten ihn.
Fakat boş odanın yüksek duvarları onu korkuttu.
**Ihm blieb keine andere Wahl, als sich flach auf den Boden
zu legen.**
Yere uzanmaktan başka çaresi yoktu.
**Und er fand in diesem Raum niemals die Ursache seiner
Angst.**

Ve o, korkusunun nedenini o mekânda asla bulamadı.

Es war dasselbe Zimmer, in dem er seit fünf Jahren lebte.

Beş yıldır yaşadığı aynı odaydı.

Halb bewusst machte er eine Bewegung in Richtung Sofa.

Yarı bilinçli bir şekilde kanepeye doğru bir hareket yaptı.

Und ohne jede Scham versteckte er sich unter dem Sofa.

Ve hiç utanmadan kendini kanepenin altına sakladı.

Dort unten fühlte er sich sofort wieder sehr wohl.

Aşağı indiğinde kendini hemen yeniden çok rahat hissetti.

Obwohl sein Rücken etwas gequetscht war.

Sırtı biraz ağrımasına rağmen.

Auch unter dem Sofa konnte er seinen Kopf nicht mehr heben.

Artık kanepenin altından başını kaldıramıyordu.

Aber selbst das zog er einem Aufenthalt im Freien vor.

Ama o, açık bir alanda bulunmaktan ziyade bunu tercih ederdi.

Er bedauerte jedoch, dass sein Körper so breit war.

Ancak vücudunun bu kadar geniş olmasından pişmanlık duyuyordu.

Das Sofa konnte seinen ganzen Körper nicht vollständig bedecken.

Kanepe vücudunun tamamını örtemiyordu.

Er blieb die ganze Nacht unter dem Sofa.

Bütün geceyi kanepenin altında geçirdi.

Die Nacht verbrachte er halb schlafend, geplagt von seinem Hunger.

Geceyi açlığının verdiği huzursuzlukla yarı uykulu geçirdi.

Und die Zeit, die er wach war, verbrachte er entweder in Sorgen oder in Hoffnung.

Uyanık kaldığı zamanların çoğunu ya endişelenerek ya da umutlanarak geçirdi.

Doch all seine vagen Hoffnungen führten zu demselben Schluss.

Ama tüm belirsiz umutları aynı sonuca götürdü.

Ihm blieb nichts anderes übrig, als vorerst zu schweigen.

O an için sessiz kalmaktan başka çaresi yoktu.

Er musste der Familie gegenüber Geduld und Rücksichtnahme zeigen.
Aileye karşı sabırlı ve anlayışlı olmak zorundaydı.
Es war die einzige Möglichkeit, die Unannehmlichkeiten erträglich zu machen.
Bu, yaşanan rahatsızlığı katlanılabilir kılmanın tek yoluydu.
Die Unannehmlichkeiten, die er nun der Familie auferlegte.
Şimdi aileye yaşattığı rahatsızlık.
Er musste nicht lange warten, um sein Mitgefühl unter Beweis zu stellen.
Merhametini kanıtlamak için uzun süre beklemesine gerek kalmadı.
Früh am Morgen schaute die Schwester in sein Zimmer.
Sabahın erken saatlerinde kız kardeş onun odasına baktı.
Obwohl es eigentlich genauso viel Nacht wie Morgen war.
Aslında gece kadar sabah da olmuştu.
Sie war vollständig angezogen und schien aufgeregt zu sein.
Üzerindeki kıyafetlerin tamamı giyinmişti ve heyecanlı görünüyordu.
Die Tragfähigkeit seiner neu getroffenen Entscheidung könnte sich bewähren.
Aldığı yeni kararın doğruluğu sınanabilir.
Sie entdeckte ihn nicht sofort auf Anhieb.
Onu ilk bakışta hemen bulamadı.
Er musste irgendwo sein; weggeflogen konnte er nicht sein.
Bir yere gitmesi gerekiyordu; uçup gitmiş olamazdı.
Doch dann schweifte ihr Blick ein zweites Mal durch den Raum.
Ama sonra gözleri odayı bir kez daha taradı.
Und dieses Mal entdeckte sie seinen Oberkörper unter dem Sofa.
Bu sefer de onun gövdesini kanepenin altında fark etti.
Sie war so verängstigt, dass sie jegliche Selbstbeherrschung verlor.
O kadar korkmuştu ki, kendini tamamen kaybetti.
Und ihre erste Reaktion war, die Tür wieder zuzuschlagen.
Ve ilk tepkisi kapıyı tekrar sertçe kapatmak oldu.

Doch sie schien ihr Verhalten auch sofort zu bereuen.

Ancak davranışından hemen pişman olmuş gibi görünüyordu.

Kaum hatte sie die Tür zugeschlagen, öffnete sie sie auch schon wieder.

Kapıyı çarptığı anda tekrar açtı.

Und diesmal schlich sie sich leise auf Zehenspitzen in den Raum.

Bu sefer de usulca, parmak uçlarında odaya girdi.

Sie bewegte sich, als ob sie eine schwerkranke Person besuchen würde.

Sanki çok hasta birini ziyaret ediyormuş gibi hareket etti.

Oder sie könnte einen völlig Fremden besucht haben.

Ya da tamamen yabancı birini ziyaret ediyor olabilirdi.

Gregor drückte seinen Kopf fast bis an den Rand des Sofas.

Gregor başını neredeyse koltuğun kenarına kadar uzattı.

Und von unterhalb des Tresors beobachtete er sie im Zimmer.

Kasanın altından onu odada izledi.

Würde sie bemerken, dass er die Milch stehen gelassen hatte?

Sütü bıraktığını fark edecek miydi?

Er hatte die Milch nicht etwa aus Mangel an Hunger stehen gelassen.

Sütü bırakmasının sebebi açlıktan kaynaklanmıyordu.

Wollte sie ihm stattdessen anderes Essen bringen?

Acaba ona farklı bir yemek mi getirecekti?

Vielleicht ein Gericht, das seinen Vorlieben besser entsprach.

Belki de onun zevkine daha uygun bir yemekti.

Aber sie hätte seinen Appetit selbst bemerken müssen.

Ama onun iştahını kendisinin fark etmesi gerekirdi.

Er wäre lieber verhungert, als sie davon erfahren zu lassen.

Onun bu durumdan haberdar olmasındansa aç kalmayı tercih ederdi.

Eigentlich hätte er es ihr sehr gerne gesagt.

Aslında ona söylemeyi çok isterdi.

Er war wirklich versucht, unter dem Sofa hervorzuschießen.

Kanepenin altından fırlayıp ateş etme isteği gerçekten çok yoğundu.

Er wollte sich seiner Schwester zu Füßen werfen.

Kendini kız kardeşinin ayaklarının dibine atmak istiyordu.

Und er wollte sie um etwas Leckeres zu essen bitten.

Ve ondan yemek için güzel bir şeyler istemek istedi.

Doch dann blickte die Schwester zu der Schüssel mit Milch.

Ama sonra kız kardeş süt kasesine doğru baktı.

Sie bemerkte sofort, dass die Schüssel noch voll war.

Kadın hemen kasenin hala dolu olduğunu fark etti.

Sie war ziemlich überrascht, dass Gregor nichts gegessen hatte.

Gregor'un hiçbir şey yememiş olmasına oldukça şaşırmıştı.

Nur ein wenig Milch war auf den Boden verschüttet worden.

Yere sadece biraz süt dökülmüştü.

Sie nahm sofort die Schüssel und trug sie hinaus.

Kadın hemen kaseyi alıp dışarı taşıdı.

Er sah, dass sie die Schüssel nicht mit bloßen Händen aufgehoben hatte.

Kadının kaseyi çıplak elleriyle almadığını gördü.

Stattdessen hob sie die Schüssel mit einem der Lappen hoch.

Bunun yerine bezlerden birini kullanarak kaseyi kaldırdı.

Gregor vergaß dieses kleine Detail jedoch sehr schnell.

Ancak Gregor bu küçük ayrıntıyı çok çabuk unuttu.

Er war nun von etwas ganz anderem viel begeisterter.

Şimdi başka bir şey için çok daha heyecanlıydı.

Was könnte sie als Ersatz für die Milch mitbringen?

Sütün yerine ne getirebilir acaba?

Er hatte verschiedene Vermutungen darüber, was sie wohl mitbringen könnte.

Kadının ne getirebileceği konusunda çeşitli düşünceleri vardı.

Doch die Güte seiner Schwester übertraf seine Erwartungen.

Ama kız kardeşinin iyiliği onun beklentilerini aştı.

Ihr wurde klar, dass sie herausfinden musste, was seine neuen Vorlieben waren.

Onun yeni zevklerinin neler olduğunu test etmesi gerektiğini fark etti.

Deshalb brachte sie eine ganze Auswahl an verschiedenen Speisen mit.

Bu yüzden yanında çok çeşitli yiyecekler getirdi.

Halbverfaultes Gemüse, Knochen vom Abendessen.

Yarı çürümüş sebzeler, akşam yemeğinden kalan kemikler.

Die eingedickte Soße von der anderen Mahlzeit, die sie gegessen hatten.

Yedikleri diğer yemekten kalan katılaşmış sos.

Ein paar Rosinen, einige Mandeln, trockenes Brot, Butterbrot.

Birkaç kuru üzüm, biraz badem, kuru ekmek, tereyağlı ekmek.

Etwas Brot, das mit Butter bestrichen und gesalzen war.

Üzerine tereyağı ve tuz sürülmüş ekmek.

Käse, den Gregor vor zwei Tagen noch für ungenießbar erklärt hatte.

Gregor'un iki gün önce yenmez olduğunu ilan ettiği peynir.

Die gesamte Auswahl an Speisen wurde auf einer Zeitung ausgelegt.

Bu yiyeceklerin tamamı bir gazetenin üzerine yerleştirilmişti.

Und sie stellte auch eine Schüssel mit Wasser neben seine Mahlzeiten.

Ayrıca yemeklerinin yanına bir kase su da koydu.

Sie wusste, dass Gregor nicht vor ihr gegessen hätte.

Gregor'un onun önünde yemek yemeyeceğini biliyordu.

Aus Respekt vor ihm verließ sie deshalb wieder den Raum.

Ona duyduğu saygıdan dolayı tekrar odadan çıktı.

Und sie hat beim Weggehen sogar den Schlüssel im Schloss umgedreht.

Üstelik çıkarken anahtarı kilide çevirdi.

Aber sie drehte den Schlüssel ganz leise und vorsichtig um.

Ama anahtarı çok sessiz ve dikkatli bir şekilde çevirdi.

Auf diese Weise würde nur Gregor wissen, dass die Tür verschlossen war.

Bu sayede kapının kilitli olduğunu sadece Gregor bilecekti.

Nun konnte er es sich so bequem machen, wie er wollte.

Artık istediği kadar rahat edebilirdi.

Gregors Beine surrten, als es Zeit zum Essen war.

Yemek vakti geldiğinde Gregor'un bacakları hızla hareket ediyordu.

Bemerkenswert ist, dass er keinerlei Beschwerden mehr verspürte.

Dikkat çekilmesi gereken nokta, artık herhangi bir rahatsızlık hissetmemesiydi.

Seine Wunden müssen bereits vollständig verheilt sein.

Yaraları çoktan tamamen iyileşmiş olmalı.

Weil er seine früheren Behinderungen nicht mehr spürte.

Çünkü artık önceki engellerini hissetmiyordu.

Seine neue Fähigkeit zu heilen überraschte und verblüffte ihn.

İyileştirme yeteneğinin ortaya çıkması onu hem şaşırttı hem de hayrete düşürdü.

Vor mehr als einem Monat schnitt er sich mit einem Messer in den Finger.

Bir aydan uzun süre önce parmağını bıçakla kesti.

Bis vor zwei Tagen schmerzte ihn diese Wunde noch.

İki gün öncesine kadar o yara hâlâ acıyordu.

„Bin ich jetzt viel weniger empfindlich?", dachte er bei sich.

"Şimdi çok daha az hassas mıyım acaba?" diye düşündü kendi kendine.

Inzwischen lutschte er gierig an dem Käse.

Bu sırada çoktan peyniri iştahla emmeye başlamıştı bile.

Er fühlte sich vom Käse mehr angezogen als von den anderen Speisen.

Diğer yiyeceklerden çok peynire ilgi duyuyordu.

Er aß schnell ein Stück Käse nach dem anderen.

Peynir parçalarını hızla birbiri ardına yedi.

Beim Genuss des Geschmacks traten ihm vor Zufriedenheit die Tränen in die Augen.

Tadının verdiği memnuniyetle gözleri yaşardı.

Nach dem Käse aß er das Gemüse und die Soße.

Peynirden sonra sebzeleri ve sosu yedi.

Das frische Essen schmeckte ihm jedoch nicht.

Ancak taze yiyeceklerin tadı ona hoş gelmedi.

Tatsächlich konnte er nicht einmal den Geruch von frischen
Lebensmitteln ertragen.
Hatta taze yiyeceklerin kokusuna bile tahammül edemiyordu.
Er hat sogar die anderen Lebensmittel von den frischen
Lebensmitteln weggezerrt.
Hatta diğer yiyecekleri taze yiyeceklerden uzaklaştırdı.
Und im Nu hatte er auch noch das Essbare aufgegessen.
Ve en yenilebilir yiyecekleri çok çabuk bitirdi.
Das ganze leckere Essen hatte eine schläfrig machende
Wirkung auf ihn.
Yediği tüm lezzetli yemekler onu uyuşturmuştu.
Und er lag träge an der Stelle, wo er gegessen hatte.
Ve yemek yediği yerde tembelce uzandı.
Schließlich kam seine Schwester zurück, um noch einmal
nach ihm zu sehen.
Sonunda kız kardeşi onu tekrar kontrol etmeye geldi.
Sie hatte die Weitsicht, den Schlüssel ganz langsam
umzudrehen.
Anahtarı çok yavaşça çevirme öngörüsüne sahipti.
Dies war für Gregor ein Warnsignal, sich zurückzuziehen.
Bu durum Gregor'a geri çekilmesi gerektiği konusunda bir
uyarı niteliği taşıdı.
Benommen und erschrocken huschte er zurück unter das
Sofa.
Sersemlemiş ve irkilmiş bir halde, hızla kanepenin altına geri
döndü.
Doch diesmal war es nicht so einfach, unter dem Sofa zu
bleiben.
Ama bu sefer kanepenin altında kalmak o kadar kolay değildi.
Sein Körper war durch das viele Essen etwas runder
geworden.
Yediği onca yemekten dolayı vücudu biraz yuvarlaklaşmıştı.
Und er musste sich beherrschen, nicht wieder auszulaufen.
Ve tekrar dışarı fırlamamak için kendini kontrol etmek
zorunda kaldı.
Auch wenn die Schwester nicht lange im Zimmer blieb.
Kız kardeş odada uzun süre kalmasa da...

In dem engen Raum rang er nach Luft.
O dar alanda nefes almakta zorlanıyordu.
Doch er überwand die kurzen Anfälle von Atemnot.
Ama o, bu ufak tefek boğulma nöbetlerinin üstesinden geldi.
Mit aufgerissenen Augen beobachtete er die Aktivitäten der Schwester.
Gözleri fal taşı gibi açılmış bir şekilde kız kardeşinin yaptıklarını izledi.
Die ahnungslose Schwester schüttete alles in einen Eimer.
Hiçbir şeyden haberi olmayan kız kardeş, her şeyi bir kovaya boşalttı.
Sie entsorgte nicht nur das Essen, das Gregor nicht gegessen hatte.
O sadece Gregor'un yemediği yiyecekleri atmakla kalmadı.
Aber sie entsorgte auch das Essen, das er nicht angerührt hatte.
Ama onun dokunmadığı yiyecekleri de attı.
Offenbar war dieses Essen nun für niemanden mehr genießbar.
Görünüşe göre o yiyecek artık kimse için yenilebilir değildi.
Anschließend verschloss sie den Futtereimer mit einem Holzdeckel.
Ardından yemek kovasını tahta bir kapakla kapattı.
Und mit dem Essen, dem Eimer und dem Wischmopp ging sie.
Yiyecekleri, kovayı ve paspası alıp gitti.
Gregor hätte nicht mehr lange warten können.
Gregor daha fazla bekleyemezdi.
Sobald sie weg war, entkam er unter dem Sofa hervor.
Kadın gider gitmez, adam koltuğun altından kaçtı.
Und er streckte sich aus und atmete erleichtert auf.
Gerindi ve rahatlamış bir nefes verdi.
So erhielt Gregor von nun an regelmäßig seine Nahrung.
Gregor, zaman zaman bu şekilde yiyecek alıyordu.
Seine Schwester gab ihm einmal früh am Morgen etwas zu essen.
Kız kardeşi ona sabahın erken saatlerinde bir kez yemek verdi.

Zu dieser Stunde schliefen die Eltern und das Dienstmädchen noch.
Bu saatte anne baba ve hizmetçi hâlâ uyuyordu.
Und er erhielt eine zweite Mahlzeit, nachdem alle anderen bereits zu Mittag gegessen hatten.
Herkes öğle yemeğini yedikten sonra ona ikinci bir yemek daha verildi.
Denn zu dieser Zeit schliefen die Eltern auch eine Weile.
Çünkü o sırada anne babalar da bir süre uyuyorlardı.
Und das Dienstmädchen wurde von der Schwester mit einer Besorgung weggeschickt.
Hizmetçi kız kardeş tarafından bir iş için gönderildi.
Sie hatten ganz sicher nicht die Absicht, Gregor verhungern zu lassen.
Gregor'u aç bırakmak gibi bir niyetleri kesinlikle yoktu.
Aber sie hätten ihm auch nicht beim Essen zusehen wollen.
Ama onlar da onun yemek yediğini izlemek istemezlerdi.
Die Angaben der Schwester reichten als Information aus.
Kardeşin bahsettikleri yeterli bilgiydi.
Vielleicht war es ihre Art, den Eltern den Kummer zu ersparen.
Belki de bu, anne babayı üzüntüden koruma yöntemiydi.
Sie hatten unter seinen Taten schon genug gelitten.
Onun yaptıklarından zaten yeterince acı çekmişlerdi.

Der erste Tag verblasste langsam zu einer fernen Erinnerung.
İlk gün yavaş yavaş uzak bir anıya dönüşüyordu.
Gregor hatte keine Möglichkeit zu erfahren, was an diesem Tag geschah.
Gregor o gün neler olduğunu bilmesinin hiçbir yolu yoktu.
Wie wurde der Schlüsseldienstmitarbeiter aus der Wohnung geleitet?
Çilingir daireden nasıl çıkarıldı?
Mit welchen Ausreden war der Arzt schließlich zufrieden?
Doktor sonunda hangi bahanelerle tatmin oldu?
Er hatte keinen Weg gefunden, sich verständlich zu machen.

Kendini anlaşılır kılmanın bir yolunu bulamamıştı.

Es gelang ihm nicht einmal, mit seiner Schwester zu kommunizieren.

Kız kardeşiyle bile iletişim kurmayı başaramadı.

Und so dachten sie, er könne sie nicht verstehen.

Bu yüzden onun kendilerini anlayamayacağını düşündüler.

Und deshalb wurde auch kein Versuch unternommen, mit ihm zu sprechen.

Bu nedenle onunla konuşmak için hiçbir çaba gösterilmedi.

Seine Schwester kam jeden Morgen und jeden Mittag in sein Zimmer.

Kız kardeşi her sabah ve öğlen odasına gelirdi.

Doch er musste sich damit begnügen, ihre Seufzer zu hören.

Ama o, kadının iç çekişlerini duymakla yetinmek zorunda kaldı.

Später gewöhnte sie sich dann doch etwas mehr an Gregors Gestalt.

Daha sonra Gregor'un tarzına biraz daha alıştı.

Und sie fühlte sich etwas freier, weitere Bemerkungen zu machen.

Ve bu durum, daha fazla yorum yapma konusunda ona biraz daha özgürlük hissi verdi.

(Obwohl sie sich nie ganz an ihn gewöhnen würde.)

(Yine de ona hiçbir zaman tamamen alışamayacaktı.)

Und dann fühlte sich Gregor wieder etwas mehr angesprochen.

Ve sonra Gregor, kendisine biraz daha hitap edildiğini hissetti.

Und er nahm wahr, was er als freundliche Kommentare empfand.

Ve o, dostça yorumlar olarak algıladığı şeyleri duydu.

„Ihm hat das Essen heute geschmeckt" oder „Er hat alles aufgegessen".

"Bugün yemeğinin tadını çıkardı" veya "her şeyi yedi."

Das war aber erst der Fall, nachdem er sein gesamtes Essen aufgegessen hatte.

Ama bu, ancak tüm yemeğini yedikten sonra oluyordu.

Doch in letzter Zeit kam dies immer seltener vor.

Ancak son zamanlarda bu durum giderek daha nadir hale geliyordu.

„Er hat sein Essen kaum angerührt", sagte sie jetzt immer öfter.

"Yemeğine neredeyse hiç dokunmuyordu," diyordu artık daha sık.

Und jedes Mal schwang ein Hauch von Traurigkeit in ihrer Stimme mit.

Ve her seferinde sesinde bir hüzün tonu vardı.

Gregor konnte keine anderen Nachrichten direkter empfangen.

Gregor, bundan daha doğrudan bir haber duyamazdı.

Aber er hörte viele Neuigkeiten aus den angrenzenden Zimmern mit.

Ancak bitişik odalardan gelen birçok haberi duydu.

Als er Stimmen hörte, rannte er zur entsprechenden Tür.

Sesler duyunca ilgili kapıya koştu.

Und er presste seinen ganzen Körper gegen die Tür, um zu hören.

Ve duyabilmek için tüm vücudunu kapıya dayadı.

Alle Gespräche drehten sich in irgendeiner Weise um ihn.

Tüm konuşmalar bir şekilde onu ilgilendiriyordu.

Selbst wenn es scheinbar um etwas ganz anderes ging.

Konu başka bir şey gibi görünse bile.

Diese Beobachtung traf insbesondere in der Anfangszeit zu.

Bu gözlem özellikle ilk dönemlerde geçerliydi.

Bei jeder Mahlzeit wiederholten sie die gleiche Diskussion.

Her yemekte aynı tartışmayı tekrarladılar.

Sie waren sich noch immer unsicher, wie sie sich ihm gegenüber verhalten sollten.

Onun yanında nasıl davranacaklarından hâlâ emin değillerdi.

Das gleiche Thema wurde aber auch zwischen den Mahlzeiten besprochen.

Ancak aynı konu yemek aralarında da konuşuldu.

Weil immer zwei Familienmitglieder zu Hause waren.

Çünkü evde her zaman iki aile üyesi bulunuyordu.

Niemand wollte allein im Haus bleiben.

Kimse evde tek başına kalmak istemiyordu.

Aber die Wohnung leer stehen zu lassen, kam auch nicht in Frage.

Ancak daireyi boş bırakmak da söz konusu bile değildi.

Das Dienstmädchen war die Einzige, die nicht an die Wohnung gebunden war.

Daireye bağlı olmayan tek kişi hizmetçiydi.

Sie hatte bereits am ersten Tag darum gebeten, gehen zu dürfen.

Daha ilk gün ayrılmak istediğini belirtmişti.

Sie kniete nieder und flehte darum, entlassen zu werden.

Dizlerinin üzerine çöktü ve görevden alınması için yalvardı.

Die Familie wusste nicht, wie viel das Dienstmädchen tatsächlich wusste.

Aile, hizmetçinin aslında ne kadar şey bildiğinden habersizdi.

Zu diesem Zeitpunkt hatte sie nicht mehr gesehen als alle anderen.

O aşamada, diğer herkesten daha fazlasını görmemişti.

Was geschehen war, blieb der Familie weiterhin ein Rätsel.

Ailenin aklında hâlâ ne olduğu gizemini koruyordu.

Doch eine Viertelstunde später verabschiedete sie sich.

Ancak on beş dakika sonra vedalaştı.

Und sie dankte der Familie mit Tränen in den Augen.

Gözlerinde yaşlarla aileye teşekkür etti.

Aber eigentlich dankte sie ihnen dafür, dass sie sie freigelassen hatten.

Ama aslında kendisini serbest bıraktıkları için onlara teşekkür etti.

Sie schienen ihr größte Freundlichkeit entgegengebracht zu haben.

Ona son derece nazik davranmış gibiydiler.

Sie leistete sogar einen Eid, ohne dazu aufgefordert worden zu sein.

Kendisine sorulmadan yemin bile etti.

Sie sagte, sie würde niemandem erzählen, was passiert war.

Olanları kimseye anlatmayacağını söyledi.

Nun musste die Schwester zusammen mit ihrer Mutter kochen.

Artık kız kardeş annesiyle birlikte yemek pişirmek zorundaydı.

Das war aber keine allzu große Unannehmlichkeit.

Ama bu aslında çok da büyük bir sorun değildi.

Weil die beiden sowieso fast nichts aßen.

Çünkü ikisi de zaten neredeyse hiçbir şey yememişlerdi.

Immer und immer wieder hörte Gregor dasselbe Gespräch mit.

Gregor aynı konuşmayı tekrar tekrar duydu.

Einer der beiden sagte dem anderen, er müsse mehr essen.

Bir kişi diğerine daha fazla yemek yemesi gerektiğini söylüyordu.

Diese Person erhielt jedoch keine Antwort von der betreffenden Person.

Ancak o kişi, karşıdaki kişiden hiçbir yanıt almadı.

„Danke, ich habe genug", oder etwas Ähnliches.

"Teşekkür ederim, yeterince var" veya benzeri bir şey.

Vielleicht tranken sie auch gar nichts mehr.

Belki onlar da artık hiçbir şey içmiyorlardı.

Die Schwester fragte ihren Vater oft, ob er Bier wolle.

Kız kardeş sık sık babasına bira isteyip istemediğini sorardı.

Und sie bot freundlicherweise an, das Bier selbst zu holen.

Ve o da birayı kendisinin getirmeyi içtenlikle teklif etti.

Der Vater schwieg auf ihre Bitte hin stets.

Baba, kızının isteği üzerine her zaman sessiz kalırdı.

Die Schwester musste also einen Weg finden, jeden Zweifel auszuräumen.

Bu yüzden kız kardeş, her türlü şüpheyi ortadan kaldırmanın bir yolunu bulmak zorundaydı.

Und sie sagte, sie würde das Dienstmädchen losschicken, um Bier zu holen.

Ve hizmetçiyi bira getirmeye göndereceğini söyledi.

Doch dann sagte der Vater schließlich ein lautes, deutliches „Nein".

Ama sonunda baba yüksek sesle ve güçlü bir şekilde "hayır"
dedi.

**Das Thema, dass er ein Bier trank, wurde danach nicht mehr
erwähnt.**

Ardından onun bira içmesi konusu bir daha gündeme
gelmedi.

Er hatte die finanzielle Situation bereits zuvor erläutert.

Mali durumu daha önce zaten açıklamıştı.

Tatsächlich sprach er schon am ersten Tag über Finanzen.

Aslında, daha ilk günden itibaren mali konulardan bahsetti.

Er machte ihnen die Aussichten deutlich.

Onlara gelecek beklentilerini açıkça anlattı.

**Sein eigenes Unternehmen war vor etwa fünf Jahren
zusammengebrochen.**

Kendi işi yaklaşık beş yıl önce iflas etmişti.

Hin und wieder stand er auf, um den Tisch zu verlassen.

Ara sıra masadan kalkmak için ayağa kalkıyordu.

Und er ging zur Kasse seines alten Geschäfts.

Ve eski işyerinin kasasına gitti.

Aus Sentimentalität hatte er die Kasse aufgehoben.

Para kasasını duygusal nedenlerle saklamıştı.

**Gregor hörte, wie er ein schweres und kompliziertes Schloss
öffnete.**

Gregor, onun ağır ve karmaşık bir kilidi açtığını duydu.

Und er holte Quittungen und Bücher aus der Kasse.

Ve kasadan fişleri ve defterleri çıkardı.

**Nachdem er die Gegenstände an sich genommen hatte,
schloss er die Geldkassette wieder ab.**

Eşyaları aldıktan sonra para kutusunu tekrar kilitledi.

**Gregor hatte seit seiner Gefangennahme keine guten
Nachrichten mehr erhalten.**

Gregor hapse girdiğinden beri hiç iyi haber almamıştı.

**Er glaubte, das Geschäft habe seinen Vater in den Ruin
getrieben.**

İşletmenin babasını iflas ettirdiğini düşünüyordu.

**Dieser Eindruck war Gregor vom Vater sicherlich vermittelt
worden.**

Baba, Gregor'a kesinlikle bu izlenimi vermişti.

Und Gregor fragte ihn nie wieder nach den Finanzen.

Gregor ona mali konular hakkında bir daha hiç soru sormadı.

Gregor wollte alles tun, was er konnte, um der Familie zu helfen.

Gregor, aileye yardım etmek için elinden gelen her şeyi yapmak istedi.

Er wollte ihnen helfen, das geschäftliche Unglück zu vergessen.

İş hayatındaki talihsizliği unutturmak istiyordu.

Der Bankrott, der zur völligen Hoffnungslosigkeit führte.

İflas, tam bir umutsuzluğa yol açtı.

So begann er mit einer ganz besonderen Leidenschaft zu arbeiten.

Bu yüzden çok özel bir tutkuyla çalışmaya başladı.

Er war quasi über Nacht zum Handelsreisenden geworden.

Neredeyse bir gecede seyyar satış temsilcisi olmuştu.

Davor hatte er lediglich als schlecht bezahlter Angestellter gearbeitet.

Bundan önce sadece düşük ücretli bir memur olarak çalışmıştı.

Nun boten sich ihm völlig andere Verdienstmöglichkeiten.

Artık tamamen farklı kazanç fırsatlarına sahipti.

Erfolgreiche Verkäufe konnten sofort in Bargeld umgewandelt werden.

Başarılı satışlar anında nakde çevrilebilir.

Das Geld wird natürlich aus seinen Provisionen ausgezahlt.

Para elbette komisyonlarından ödeniyordu.

Nun konnte Gregor Geld auf den Familientisch bringen.

Gregor artık ailenin sofrasına para koyabiliyordu.

Und sie waren erstaunt und erfreut über seinen Verdienst.

Kazançlarına hem şaşırdılar hem de çok sevindiler.

Aber diese schönen Zeiten werden sich nicht wiederholen.

Ama o güzel günler bir daha tekrarlanmayacak.

Sie hatten sich gerade erst an diese schönen Zeiten gewöhnt.

Bu güzel günlere daha yeni alışmışlardı.

Jeden Zahltag nahm die Familie das Geld dankbar entgegen.

Aile, her maaş gününde parayı minnetle kabul ediyordu.

Und Gregor war ebenso gern bereit, das Geld herauszugeben.

Gregor da parayı vermekten aynı derecede memnundu.

Doch die im Gegenzug entgegengebrachte herzliche Zuneigung erlosch allmählich.

Ancak karşılığında verilen sıcak sevgi yavaş yavaş söndü.

Nur seine Schwester stand Gregor noch so nahe wie zuvor.

Gregor'a eskisi kadar yakın kalan tek kişi kız kardeşiydi.

Im Gegensatz zu Gregor hatte sie eine tiefe Wertschätzung für Musik.

O, Gregor'un aksine, müziğe derin bir ilgi duyuyordu.

Und sie konnte sehr berührend Geige spielen.

Ve keman çalmayı çok etkileyici bir şekilde biliyordu.

Gregor plante insgeheim, sie auf eine Musikschule zu schicken.

Gregor, kızını gizlice müzik okuluna göndermeyi planlıyordu.

Er hatte noch nicht entschieden, wie er die Kosten decken würde.

Masrafları nasıl karşılayacağına henüz karar vermemişti.

Aber irgendwie würde er die Kosten decken.

Ama bir şekilde masrafları karşılayacaktı.

Gelegentlich unternahmen Gregor und seine Familie Kurztrips.

Gregor ve ailesi zaman zaman kısa gezilere çıkarlardı.

Gregor und seine Schwester sprachen oft über dieses Thema.

Gregor ve kız kardeşi bu konuyu sık sık gündeme getiriyorlardı.

Es wurde aber immer nur als eine wunderbare Idee erwähnt.

Ama bu fikir her zaman sadece harika bir fikir olarak dile getirildi.

Sie glaubten nicht wirklich, dass der Traum in Erfüllung gehen könnte.

Bu hayalin gerçekleşebileceğine gerçekten inanmıyorlardı.

Und den Eltern gefielen solche fantasievollen Ambitionen nicht.

Anne ve babalar bu tür hayalperest hırsları beğenmediler.
Selbst wenn das Thema ganz harmlos angesprochen wurde.
Konu son derece masumane bir şekilde gündeme getirilmiş
olsa bile.
Gregor dachte aber weiterhin an die Musikschule.
Ancak Gregor müzik okulunu düşünmeye devam etti.
**Und er hatte vor, das Geschenk am Heiligabend
anzukündigen.**
Ve hediyeyi Noel arifesinde duyurmayı planlıyordu.
In seinem jetzigen Zustand wäre das natürlich unmöglich.
Elbette şu anki haliyle bu imkansız olurdu.
Doch solche Gedanken gingen ihm durch den Kopf.
Ama bu tür düşünceler aklından geçti.
**Und solche Gedanken kamen ihm, während er der Familie
zuhörte.**
Aileyi dinlerken aklından böyle düşünceler geçti.
Manchmal war er zu müde, um ihnen weiter zuzuhören.
Bazen onları dinlemeye devam edemeyecek kadar
yoruluyordu.
Vor Erschöpfung sank sein Kopf gegen die Tür.
Yorgunluktan başı kapıya çarptı.
Doch er legte sofort wieder seinen Kopf gegen die Tür.
Ama o hemen tekrar başını kapıya dayadı.
Denn selbst das leiseste Geräusch war draußen zu hören.
Çünkü en ufak bir ses bile dışarıdan duyulabiliyordu.
**Und jedes Geräusch, das er machte, brachte die Familie zum
Schweigen.**
Çıkardığı her ses, ailenin sessizliğe bürünmesine neden
olurdu.
„Was macht er denn jetzt?", fragte der Vater die Familie.
"Şimdi ne yapıyor?" diye sordu baba aileye.
**Und er ging zur Tür, um nachzusehen, was das Geräusch
verursachte.**
Ve gürültünün ne olduğunu anlamak için kapıya gitti.
**Und dann wurde das unterbrochene Gespräch allmählich
wieder aufgenommen.**

Ve ardından yarıda kalan konuşma yavaş yavaş yeniden başladı.

Was der Vater aber sagte, überraschte alle auf positive Weise.

Ancak babanın söyledikleri herkesi olumlu yönde şaşırttı.

Gregor erfuhr nun den wahren Stand der Finanzen.

Gregor artık mali durumun gerçek halini öğrenmişti.

Trotz all des Unglücks gab es auch etwas Glück.

Tüm talihsizliklere rağmen, biraz da şans vardı.

Ein kleines Vermögen aus alten Zeiten war noch vorhanden.

Eski günlerden kalma çok küçük bir servet hâlâ oradaydı.

Der Vater erklärte die Dinge, musste sich aber wiederholen.

Baba her şeyi açıkladı ama söylediklerini tekrarlamak zorunda kaldı.

Weil er sich eine Weile nicht mehr mit diesen Dingen befasst hatte.

Çünkü bir süredir bu konularla ilgilenmemişti.

Und weil die Mutter solche Dinge nicht verstand.

Çünkü anne bu tür şeyleri anlamıyordu.

Die Zinssätze der Bank waren etwas gestiegen.

Bankaların faiz oranları biraz yükselmişti.

Das unberührte Geld hatte sich stärker erhöht als erwartet.

Dokunulmamış para beklenenden daha fazla artmıştı.

Darüber hinaus hatte Gregor ihnen immer seine Ersparnisse gegeben.

Ayrıca Gregor her zaman onlara birikimlerini verirdi.

Er hatte nur wenige Gulden für sich behalten.

Kendisi için yalnızca birkaç guilder saklamıştı.

Und sein Geld war auch noch nicht vollständig aufgebraucht.

Üstelik parası da tamamen tükenmemişti.

Zusammmen hatte sich dieses Geld zu einem kleinen Kapital angesammelt.

Bu paralar bir araya gelerek küçük bir sermaye oluşturmuştu.

Gregor nickte hinter seiner Tür eifrig zu der Nachricht.

Gregor, kapısının ardında, haberi heyecanla başıyla karşıladı.

Er war erfreut über diese unerwartete Vorsicht und Sparsamkeit.

Bu beklenmedik ihtiyat ve tutumluluk onu memnun etti.

Die überschüssigen Mittel hätten zur Tilgung der Schulden verwendet werden können.

Artan fonlar borcu ödemek için kullanılabilirdi.

Dann hätten sie dem Chef nichts mehr geschuldet.

O zaman patrona hiçbir borçları kalmazdı.

Und Gregor hätte schon viel früher eine neue Stelle annehmen können.

Gregor çok daha önce yeni bir işe geçebilirdi.

Aber so, wie der Vater es arrangiert hatte, war es jetzt viel besser.

Ama babanın ayarlaması şimdi çok daha iyiydi.

Das Geld reichte nicht ganz zum Leben von den Zinsen.

Faizden elde edilen para geçimimizi sağlamaya yetmiyordu.

Und ein Teil des Geldes musste für Notfälle zurückgelegt werden.

Ve acil durumlar için de bir miktar para kenara ayrılmak gerekiyordu.

Das Geld hätte nur für ein oder zwei Jahre gereicht.

Bu para ancak bir veya iki yıl için yeterli olurdu.

Das bedeutete, dass jemand Geld verdienen musste, damit sie leben konnten.

Bu da onların geçimini sağlamak için birilerinin para kazanması gerektiği anlamına geliyordu.

Der Vater war nicht krank und er war stark genug.

Baba sağlıksız değildi ve yeterince güçlüydü.

Doch er war seit mehr als fünf Jahren arbeitslos.

Ancak beş yıldan fazla süredir işsizdi.

Und aufgrund seines Alters hatte er kaum noch Selbstvertrauen.

Yaşı nedeniyle özgüveni de oldukça azalmıştı.

Er hatte in letzter Zeit auch deutlich an Gewicht zugenommen.

Son zamanlarda çok kilo almıştı.

Sein Leben war stets mühsam und erfolglos gewesen.

Hayatı her zaman zorlu ve başarısızlıkla dolu olmuştu.

Und dies war der erste Urlaub, den er je verbracht hatte.

Bu, hayatında geçirdiği ilk tatildi.

Und da er nicht beschäftigt war, war er ziemlich ungeschickt geworden.

Ve meşgul edilmediği için oldukça sakarlaşmıştı.

Wäre es besser, wenn die alte Mutter das Geld verdienen würde?

Yaşlı annenin parayı kazanması daha mı iyi olurdu?

Die alte Mutter, die an Asthma litt.

Astım hastalığından muzdarip yaşlı anne.

Die alte Mutter, die Mühe hatte, die Treppe hinaufzugehen.

Merdivenlerden çıkmakta zorlanan yaşlı anne.

Die alte Mutter, die ihre Zeit damit verbrachte, auf dem Sofa zu liegen.

Vaktinin çoğunu kanepede uzanarak geçiren yaşlı anne.

Die alte Mutter, die es vorzog, am Fenster zu sitzen.

Pencere kenarında kalmayı tercih eden yaşlı anne.

Damit sie bei Bedarf durchatmen konnte.

Böylece ihtiyaç duyduğunda nefes alabilecekti.

Wäre es besser, wenn die jüngere Schwester das Geld verdienen würde?

Parayı küçük kız kardeşin kazanması daha mı iyi olurdu?

Die Schwester, die mit siebzehn Jahren noch ein Kind war.

Kız kardeş, on yedi yaşında, henüz bir çocuktu.

Die Schwester, die nur wenige, bescheidene Freuden hatte.

Sadece birkaç mütevazı zevki olan kız kardeş.

Die Schwester, die am liebsten Geige spielte.

Özellikle keman çalmaktan hoşlanan kız kardeş.

Sie wusste, dass ihr bisheriger Lebensstil sehr beneidenswert war;

Önceki yaşam tarzının çok imrenilecek bir yaşam olduğunu biliyordu;

Sich schick anziehen, ausschlafen, im Haushalt helfen.

Güzel giyinmek, geç uyanmak, ev işlerine yardım etmek.

Das Gespräch drehte sich oft um die Notwendigkeit, Geld zu verdienen.

Konuşmalar sıklıkla para kazanma ihtiyacına dönüyordu.
Gregor war immer der Erste, der die Tür losließ.
Gregor her zaman kapıyı ilk bırakan kişi olurdu.
Das Gespräch erfüllte ihn mit Scham und Trauer.
Bu konuşma onu utanç ve kederle doldurdu.
Also warf er sich auf das kühle Ledersofa.
Bunun üzerine kendini serin deri kanepeye attı.
Und den Rest der Nacht verbrachte er oft auf dem Sofa.
Ve gecenin geri kalanını genellikle kanepede geçirirdi.
Er hat nie wirklich auf dem Sofa geschlafen, auch nicht nachts.
O, hiçbir zaman gerçekten kanepede ya da geceleri uyumadı.
Oft kratzte er stundenlang an dem Leder.
Çoğu zaman saatlerce deriyi kaşır dururdu.
Manchmal schob er den Sessel ans Fenster.
Bazen de koltuğu pencereye doğru iterdi.
Allein dies erforderte von seiner Seite einen erheblichen Aufwand.
Bu bile onun açısından büyük bir çaba gerektirdi.
Der Sessel half ihm, auf die Fensterbank zu klettern.
Koltuk, onun pencere pervazına tırmanmasına yardımcı oldu.
Und von dort aus konnte er sich ans Fenster lehnen.
Ve oradan pencereye yaslanabildi.
Er empfand dabei stets ein großes Gefühl der Freiheit.
Bunu yaparken büyük bir özgürlük duygusu hissederdi.
Vielleicht suchte er nach einem alten, befreienden Gefühl.
Belki de eski, özgürleştirici bir duygu arıyordu.
Doch seine Sehkraft war nicht mehr so scharf wie früher.
Ama görüşü eskisi kadar keskin değildi.
Dinge in geringer Entfernung waren verschwommen und undeutlich.
Biraz uzaktaki nesneler bulanık ve belirsizdi.
Er konnte das Krankenhaus auf der anderen Straßenseite nicht mehr sehen.
Karşıdaki hastaneyi artık göremiyordu.
Vorher hatte er den Anblick verflucht, jetzt wollte er ihn sehen.

Daha önce manzaradan nefret ederdi, şimdi ise onu görmek istiyordu.

Er wusste, dass er in der ruhigen, städtischen Charlottenstraße wohnte.

Charlottenstrasse'nin sakin, kentsel bir bölge olduğunu biliyordu.

Aber vielleicht dachte er, er blicke in die Wüste.

Ama çöle baktığını sanmış olabilir.

Eine Ödnis, wo grauer Himmel und graue Erde verschmolzen.

Gri gökyüzü ve gri toprağın birleştiği bir çorak arazi.

Zweimal bemerkte die aufmerksame Schwester, dass der Stuhl verschoben worden war.

Dikkatli hemşire, sandalyenin iki kez yer değiştirdiğini fark etti.

Nachdem sie aufgeräumt hatte, schob sie den Stuhl zurück ans Fenster.

Ortamı toparladıktan sonra sandalyeyi pencerenin önüne itti.

Und von nun an ließ sie sogar den Fensterflügel offen.

Ve bundan sonra pencere kanadını bile açık bırakmaya başladı.

Gregor wünschte sich sehr, er hätte mit seiner Schwester sprechen können.

Gregor gerçekten de kız kardeşiyle konuşabilmeyi çok isterdi.

Er wollte ihr für alles danken, was sie für ihn getan hatte.

Ona yaptığı her şey için teşekkür etmek istedi.

Dann hätte er ihre Dienste leichter toleriert.

O zaman onların hizmetlerine daha kolay katlanırdı.

Doch so wie die Dinge standen, litt er darunter, dass sie ihm half.

Ama işler öyle gelişti ki, kadının ona yardım etmesi yüzünden o da zarar gördü.

Die Schwester versuchte natürlich, die Peinlichkeit zu überspielen.

Kız kardeş elbette bu utanç verici durumu örtbas etmeye çalıştı.

Und sie tat ihr Bestes, so zu tun, als ob sie sich nicht belastet fühlte.
Ve o da kendini yük altında hissetmiyormuş gibi davranmak için elinden gelenin en iyisini yaptı.
Natürlich musste sie das erst einmal üben.
Elbette bunu önce pratik yapması gerekiyordu.
Und je mehr Zeit verging, desto besser wurde sie darin.
Ve zaman geçtikçe bu konuda daha da iyi oldu.
Gregor erhielt jedoch auch mehr Zeit, um ihr Täuschungsmanöver zu durchschauen.
Ancak Gregor'a onun numaralarını görmesi için daha fazla zaman da verildi.
Schon das Betreten seines Zimmers durch sie war für ihn eine Tortur.
Onun odasına girmesi bile onun için bir eziyetti.
Kaum war sie eingetreten, rannte sie direkt zum Fenster.
İçeri girer girmez doğruca pencereye koştu.
Sie nahm sich nicht einmal die Zeit, die Tür zu schließen.
Kapıyı kapatmaya bile vakit ayırmadı.
Normalerweise ersparte sie allen den Anblick von Gregors Zimmer.
Normalde Gregor'un odasını kimseden saklardı.
Und mit hastigen Händen riss sie das Fenster auf.
Ve aceleyle elleriyle pencereyi hızla açtı.
Dann atmete sie wieder, als ob sie erstickt wäre.
Sonra sanki boğuluyormuş gibi tekrar nefes aldı.
Die einströmende Luft war kalt, und sie atmete tief durch.
İçeri giren hava soğuktu ve kadın derin bir nefes aldı.
Dennoch blieb sie noch eine Weile am Fenster stehen.
Ama yine de bir süre pencerenin yanında kaldı.
Mit dieser Routine ängstigte sie Gregor zweimal täglich.
Bu rutiniyle Gregor'u günde iki kez korkutuyordu.
Während sie im Zimmer war, zitterte er unter dem Sofa.
Kadın odadayken adam kanepenin altında titriyordu.
Er wusste, dass sie ihm diese Tortur gern erspart hätte.
Onun kendisini bu zorlu süreçten kurtarmak isteyeceğini biliyordu.

Aber sie konnte nicht in dem Zimmer sein, wenn das Fenster geschlossen war.

Ama penceresi kapalı olan odada kalamazdı.

Einmal kam sie etwas früher.

Bir keresinde biraz daha erken gelmişti.

Vermutlich etwa einen Monat nach Gregors Verwandlung.

Muhtemelen Gregor'un dönüşümünden yaklaşık bir ay sonra.

Sie hatte sich ein wenig an sein neues Aussehen gewöhnt.

Onun yeni görünümüne bir nebze de olsa alışmıştı.

Sie hatte also keinen Grund mehr, besonders schockiert zu sein.

Bu yüzden artık özellikle şaşırması için bir sebep kalmamıştı.

Sie fand ihn immer noch regungslos aus dem Fenster starrend vor.

Onu hâlâ pencereden dışarı bakarken, hareketsiz bir şekilde buldu.

Er befand sich am schrecklichsten Ort, an dem er hätte sein können.

Olabilecek en korkunç yerdeydi.

Er wäre nicht überrascht gewesen, wenn sie nicht hereingekommen wäre.

Eğer içeri girmeseydi şaşırmazdı.

Er hinderte sie daran, das Fenster zu öffnen.

Onun pencereyi açmasını engellediği yer orasıydı.

Sie verließ schnell wieder das Zimmer und schloss die Tür.

Hızla tekrar odadan çıktı ve kapıyı kapattı.

Ein Fremder hätte zu allen möglichen Schlussfolgerungen gelangen können.

Bir yabancı her türlü sonuca varabilirdi.

Vielleicht wartete er nur auf die Gelegenheit, sie zu beißen.

Belki de onu ısırmak için fırsat kolluyordu.

Gregor versteckte sich natürlich sofort unter dem Sofa.

Gregor elbette hemen kanepenin altına saklandı.

Doch er musste bis Mittag warten, bis seine Schwester zurückkehrte.

Ama kız kardeşinin dönmesi için öğlene kadar beklemek zorunda kaldı.

Und sie wirkte viel unruhiger als sonst.
Ve her zamankinden çok daha huzursuz görünüyordu.
Ihm wurde klar, dass der Anblick von ihm immer noch unerträglich war.
Onun görüntüsünün hâlâ dayanılmaz olduğunu fark etti.
Der Anblick von ihm würde für sie weiterhin unerträglich bleiben.
Onu görmek onun için dayanılmaz bir şey olmaya devam edecekti.
Sie konnte es wahrscheinlich nicht ertragen, auch nur einen Teil von ihm zu sehen.
Muhtemelen onun herhangi bir yerini görmeye tahammül edemiyordu.
Ein kleines Teil ragte immer unter dem Sofa hervor.
Kanepenin altından her zaman küçük bir parça dışarı çıkıyordu.
Eines Tages trug er ein Bettlaken auf dem Rücken zum Sofa.
Bir gün sırtında bir çarşaf taşıyarak kanepeye gitti.
Er wollte verhindern, dass sie irgendetwas von ihm sah.
Onun vücudunun herhangi bir bölümünü görmesini istemiyordu.
Er richtete das Bettlaken so aus, dass er vollständig verdeckt war.
Çarşafı öyle bir şekilde düzeltti ki, vücudunun tamamı gizlenmiş oldu.
Selbst wenn sie sich bückte, könnte sie ihn nicht sehen.
Eğilse bile onu göremezdi.
Für Gregor dauerte die gesamte Arbeit mehr als drei Stunden.
Gregor'un bu işi halletmesi üç saatten fazla sürdü.
Möglicherweise hielt sie das Bettlaken für überflüssig.
Çarşafın gereksiz olduğunu düşünmüş olabilir.
Sie hätte gewusst, dass er das Bettlaken nicht wollte.
Onun çarşafı istemediğini biliyor olmalıydı.
Er tat es zu ihrem Wohlbefinden und nicht für sich selbst.
Bunu kendi iyiliği için değil, onun rahatı için yapıyordu.

Und sie hätte das Bettlaken abnehmen können, wenn sie gewollt hätte.
İsteseydi çarşafı da kaldırabilirdi.
Aber sie ließ das Bettlaken dort, wo Gregor es hingelegt hatte.
Ama çarşafı Gregor'un koyduğu yerde bıraktı.
Und Gregor glaubte sogar, einen dankbaren Blick erhascht zu haben.
Gregor, karşısında minnettar bir bakış yakaladığını bile düşündü.
Er hatte das Bettlaken vorsichtig mit dem Kopf angehoben.
Başını kullanarak çarşafı yavaşça yukarı kaldırmıştı.
Er wollte herausfinden, ob seiner Schwester die Vereinbarung gefiel.
Kız kardeşinin bu düzenlemeyi beğenip beğenmeyeceğini görmek istedi.

Die ersten zwei Wochen waren für die Eltern am schwierigsten.
İlk iki hafta ebeveynler için en zor haftalardı.
Sie brachten es nicht übers Herz, hereinzukommen und ihn zu sehen.
Bir türlü içeri girip onu görmeye cesaret edemediler.
Er belauschte in dieser Zeit viele ihrer Gespräche.
Bu sırada onların birçok konuşmasını duydu.
Sie nahmen alles, was die Schwester tat, voll und ganz zur Kenntnis.
Rahibenin yaptıklarının hepsini tamamen kabul ettiler.
Auch wenn sie früher oft verärgert über sie waren.
Eskiden sık sık ondan rahatsız olsalar bile.
Weil sie ein ziemlich nutzloses Mädchen gewesen zu sein schien.
Çünkü biraz işe yaramaz bir kız gibi görünüyordu.
Nun warteten sie auf der anderen Seite des Raumes.
Şimdi odanın diğer tarafında bekleyenler onlardı.
Und sie war es, die den Raum betrat, um alles zu erledigen.
Odaya girip her şeyi yapan da oydu.

Sobald sie herauskam, wollten sie alles wissen.

Dışarı çıktığı anda herkes her şeyi öğrenmek istedi.

Sie musste ihnen genau beschreiben, wie das Zimmer aussah.

Odanın tam olarak nasıl göründüğünü onlara anlatmak zorundaydı.

„Was hat Gregor gegessen? Wie hat er sich diesmal verhalten?"

"Gregor ne yedi? Bu sefer nasıl davrandı?"

„War vielleicht eine leichte Verbesserung zu bemerken?"

"Acaba gözle görülür bir iyileşme olmuş olabilir mi?"

Die Mutter war übrigens tatsächlich mutiger.

Bu arada, anne aslında daha cesurdu.

Und natürlich war es ihr eigener Sohn im Zimmer.

Ve elbette odanın içinde kendi oğlu vardı.

Sie wollte Gregor eigentlich schon bald besuchen.

Aslında Gregor'u nispeten yakın bir zamanda ziyaret etmek istiyordu.

Doch der Vater und die Schwester hielten sie zunächst zurück.

Ancak babası ve kız kardeşi başlangıçta onu engellediler.

Sie brachten sehr rationale Argumente dafür vor, dass sie nicht gehen sollte.

Gitmemesi için çok mantıklı argümanlar öne sürdüler.

Gregor hörte ihren Argumenten sehr aufmerksam zu.

Gregor onların gerekçelerini büyük bir dikkatle dinledi.

Und er akzeptierte die Argumentation genauso wie seine Mutter.

Ve o da bu gerekçeyi annesi kadar kabul etti.

Später musste sie jedoch mit Gewalt zurückgehalten werden.

Ancak daha sonra zorla durdurulması gerekti.

"Lasst mich zu Gregor hinein, er ist mein unglücklicher Sohn!"

"Gregor'un yanına girmeme izin verin, o benim talihsiz oğlum!"

"Verstehst du denn nicht, dass ich ihn aufsuchen muss?"

"Onu görmeye gitmem gerektiğini anlamıyor musun?"
**Gregor ließ sich ebenfalls von den Argumenten seiner
Mutter überzeugen.**
Gregor da annesinin argümanlarından ikna oldu.
Vielleicht hatte sie recht; es wäre gut, wenn sie hereinkäme.
Belki de haklıydı; içeri girse iyi olurdu.
Ihn jeden Tag zu besuchen, wäre viel zu viel.
Onu her gün görmeye gelmek çok fazla olurdu.
**Aber ihn vielleicht einmal pro Woche zu sehen, könnte
genügen.**
Ama onu haftada bir kez görmek belki yeterli olabilir.
**Sie versteht die Dinge vielleicht viel besser als die
Schwester.**
Kız kardeşinden çok daha iyi anlayabilir olayları.
Trotz all ihres Mutes war sie doch nur ein Kind.
Tüm cesaretine rağmen, o hala bir çocuktu.
**Vielleicht war es kindliche Unbekümmertheit, die sie dazu
veranlasste, diese Aufgabe anzunehmen.**
Belki de çocukça bir pervasızlık onu bu görevi üstlenmeye itti.
**Doch Gregors Wunsch, seine Mutter wiederzusehen, ging
bald in Erfüllung.**
Ancak Gregor'un annesini görme dileği çok geçmeden
gerçekleşti.
Tagsüber hielt sich Gregor vom Fenster fern.
Gregor gündüzleri pencereden uzak duruyordu.
Dies tat er aus Rücksicht auf seine Eltern.
Bunu anne babasına duyduğu saygıdan dolayı yaptı.
**Er hatte nicht viel Platz, um auf dem Boden
herumzukrlechen.**
Yerde emekleyerek hareket edebileceği fazla alanı yoktu.
Es fiel ihm schwer, nachts still zu liegen.
Geceleri hareketsiz yatmakta zorlanıyordu.
**Das Essen bereitete ihm nicht einmal mehr die geringste
Freude.**
Yemek yemek ona artık en ufak bir zevk vermiyordu.
Natürlich musste er sich irgendwie ablenken.
Elbette dikkatini dağıtacak bir yol bulması gerekiyordu.

Um sich die Zeit zu vertreiben, kletterte er die Wände rauf und runter.
Kendini eğlendirmek için duvarlarda sürünerek yukarı aşağı hareket etti.
Und er kroch auch kopfüber an der Decke entlang.
Ayrıca baş aşağı bir şekilde tavanda süründü.
Besonders glücklich war er, als er von der Decke hing.
Tavandan sarkarken özellikle mutlu oluyordu.
Es war etwas völlig anderes, als auf dem Boden zu liegen.
Yere uzanmaktan tamamen farklıydı.
In dieser Position fiel ihm das Atmen deutlich leichter.
Bu pozisyonda nefes almanın çok daha kolay olduğunu fark etti.
Ein leichtes, aber angenehmes Kribbeln durchfuhr seinen Körper.
Vücudundan hafif ama hoş bir titreşim geçti.
Manchmal gab er sich seinem Glück sogar zu sehr hin.
Bazen mutluluğuna fazla kapılıp gidiyordu.
Manchmal ließ er sich ablenken und ließ die Decke los.
Bazen dikkati dağılıyordu ve tavandan elini çekiyordu.
Und zu seiner eigenen Überraschung landete er wieder auf dem Boden.
Ve kendi şaşkınlığına rağmen yere geri düştü.
Aber er hatte seinen Körper deutlich besser unter Kontrolle als zuvor.
Ama vücudunu eskisinden çok daha iyi kontrol edebiliyordu.
So verletzte er sich nun nicht mehr bei so heftigen Stürzen.
Bu yüzden artık o kadar büyük düşmelerden zarar görmüyor.
Die Schwester bemerkte sofort Gregors neue Freude.
Rahibe, Gregor'un yeni zevkini hemen fark etti.
Und dort, wo er gekrochen war, waren Klebstoffreste zu sehen.
Süründüğü yerlerde yapıştırıcı izleri vardı.
Auch hier dachte die Schwester an Gregors Wohlbefinden.
Burada da kız kardeş yine Gregor'un sağlığını düşündü.
Vielleicht würde er mehr Platz zum Herumkriechen begrüßen.

Belki de etrafta sürünmek için daha fazla alana ihtiyacı
olurdu.
Und der Gedanke hatte sich fest in ihrem Kopf verankert.
Ve bu fikir kafasında iyice yerleşti.
**Einige der großen Möbelstücke behinderten seine
Bewegungsfreiheit.**
Büyük mobilyaların bazıları onun serbest hareket etmesini
engelliyordu.
**Da er nicht mehr arbeitete, brauchte er den Schreibtisch
nicht mehr.**
Artık çalışmıyordu, bu yüzden masaya ihtiyacı yoktu.
Und die Schachtel nahm auch mehr Platz ein als nötig. *
Ayrıca kutu gereğinden fazla yer kaplıyordu. ***
**Die Schwester war nicht in der Lage, diese Dinge allein zu
bewegen.**
Kız kardeş bu eşyaları tek başına taşıyamadı.
Natürlich wagte sie es nicht, den Vater um Hilfe zu bitten.
Elbette babasından yardım istemeye cesaret edemedi.
Das Dienstmädchen hätte ihr sicherlich auch nicht geholfen.
Hizmetçi de ona kesinlikle yardım etmezdi.
**Das neue Dienstmädchen war tatsächlich ein Jahr jünger als
sie.**
Yeni hizmetçi, aslında ondan bir yaş daha küçüktü.
**Sie hatte mutig die Rolle der ehemaligen Magd
übernommen.**
Eski hizmetçinin rollerini cesurca üstlenmişti.
Doch ein Privileg wollte sie unbedingt haben.
Ama onun ısrarla sahip olmak istediği bir ayrıcalık vardı.
Sie wollte die Küche stets verschlossen halten.
Mutfağın kapısının her zaman kilitli kalmasını istiyordu.
**Daher blieb der Schwester nichts anderes übrig, als ihre
Mutter zu fragen.**
Bu yüzden kız kardeşin annesinden rica etmekten başka çaresi
kalmadı.
**Unter Freudenschreien kam die Mutter herbei, um zu
helfen.**
Anne, heyecanlı sevinç çığlıklarıyla yardıma koştu.

Doch an der Tür zu Gregors Zimmer verstummte sie.
Ama Gregor'un odasının kapısında sustu.
Die Schwester überprüfte, ob im Zimmer alles in Ordnung war.
Hemşire odadaki her şeyin yolunda olup olmadığını kontrol etti.
Gregor hatte das Bettlaken hastig noch straffer gezogen.
Gregor aceleyle çarşafı daha da sıkıca çekti.
Obwohl das Bettlaken immer noch willkürlich angeordnet aussah.
Çarşaf hâlâ rastgele serilmiş gibi görünse de.
Erst dann ließ sie ihre Mutter ins Zimmer.
Ancak o zaman annesinin odaya girmesine izin verdi.
Gregor verzichtete auch darauf, unter dem Laken hervorzuspähen.
Gregor da çarşafın altından casusluk yapmaktan kaçındı.
Er beschloss, diesmal auf einen Besuch bei seiner Mutter zu verzichten.
Bu sefer annesini görmekten vazgeçmeye karar verdi.
Gregor war schon froh genug, dass sie überhaupt gekommen war.
Gregor, onun gelmiş olmasından bile yeterince memnundu.
„Komm herein, du kannst ihn nicht sehen", sagte die Schwester.
"İçeri gelin, onu göremezsiniz," dedi kız kardeş.
Gregor nahm an, dass sie ihre Mutter an der Hand führte.
Gregor, kadının annesini elinden tutarak götürdüğünü varsaydı.
Dann hörte er, wie die beiden schwachen Frauen die Möbel verrückten.
Sonra iki güçsüz kadının mobilyaları hareket ettirdiğini duydu.
Die Schwester schien den größten Teil der Arbeit für sich zu beanspruchen.
Kız kardeş, işin büyük kısmını kendi üzerine almış gibiydi.
Ihre Mutter befürchtete, sie würde sich überanstrengen.
Annesi, kızının kendini fazla yoracağından endişeleniyordu.

Doch die Schwester schenkte diesen Warnungen keine
Beachtung.
Ama kız kardeş bu uyarılara hiç kulak asmadı.
Doch auch nach fünfzehn Minuten ging es nur sehr langsam
voran.
Ancak on beş dakika geçmesine rağmen ilerleme çok yavaştı.
Es war ihnen nicht gelungen, die Möbel weit zu bewegen.
Mobilyaları fazla uzağa taşımayı başaramamışlardı.
Langsam beschlich sie ein Gefühl der Niederlage.
Yavaş yavaş yenilgiyi hissetmeye başlıyorlardı.
Die Mutter war die Erste, die die Sinnlosigkeit eingestand.
Anne, çabaların sonuçsuz olduğunu ilk kabul eden kişi oldu.
"Vielleicht wäre es besser, die Schachtel hier zu lassen."
"Belki de kutuyu burada bırakmak daha iyi olur."
„Die Kiste ist zu schwer, als dass wir sie noch viel weiter
bewegen könnten."
"Kutu çok ağır, daha fazla taşıyamayız."
„Und wir werden nicht fertig sein, bevor dein Vater
eintrifft."
"Ve babanız gelmeden işimiz bitmeyecek."
„Wenn wir die Kiste hier lassen würden, würde das seinen
Weg nur noch mehr versperren."
"Burada kutuyu bırakmak onun yolunu daha da tıkayacaktır."
Und können wir sicher sein, dass wir ihm damit einen
Gefallen tun?
"Peki, ona bir iyilik yaptığımızdan emin olabilir miyiz?"
Sie begannen zu glauben, dass das Gegenteil durchaus der
Fall sein könnte.
Tam tersinin de doğru olabileceğini düşünmeye başladılar.
Der Anblick der leeren Wand lastete schwer auf ihrem
Herzen.
Boş duvarın görüntüsü kalbine ağır bir yük gibi çöktü.
Was spricht dagegen, dass Gregor das auch so empfinden
würde?
Gregor'un da aynı şekilde hissetmeyeceğinin garantisi yok,
değil mi?

„Er hat sich bereits an die Möbel in seinem Zimmer gewöhnt."

"O, odasındaki mobilyalara zaten alışmış durumda."

„In einem leeren Zimmer könnte er sich noch verlassener fühlen."

"Boş bir odada kendini daha da terk edilmiş hissedebilir."

Ihre Stimme war inzwischen fast zu einem Flüstern gesunken.

Artık sesi neredeyse fısıltıya dönüşmüştü.

Sie wusste tatsächlich nicht, wo sich Gregor genau aufhielt.

Gregor'un tam olarak nerede olduğunu bilmiyordu.

Sie wollte nicht einmal, dass er ihre Stimme hörte.

Sesini duymasını bile istemiyordu.

Obwohl sie sich sicher war, dass er sie nicht verstand.

Onun kendisini anlamadığından emindi.

„Würde es nicht so aussehen, als hätten wir ihn völlig aufgegeben?"

"Bu, ondan tamamen vazgeçtiğimiz anlamına gelmez mi?"

"Wird er nicht das Gefühl haben, dass wir ihn mit der Situation allein lassen?"

"Onu yalnız başına bırakıp gittiğimizi düşünmeyecek mi?"

„Wir sollten den Raum genau so verlassen, wie er war."

"Odayı tam olarak olduğu gibi bırakmalıyız."

„Irgendwann wird Gregor zu uns zurückkehren, so wie er war."

"Gregor eninde sonunda eski haline dönecek."

„Dann wird er feststellen, dass alles noch an seinem Platz ist."

"O zaman her şeyin hâlâ yerli yerinde olduğunu görecektir."

„Und er wird die Übergangszeit viel leichter vergessen."

"Ve o, bu geçiş dönemini çok daha kolay unutacak."

Als Gregor diese Worte hörte, begriff er etwas.

Gregor bu sözleri duyunca bir şeyin farkına vardı.

Sein Verstand war in den letzten zwei Monaten verwirrt worden.

Son iki aydır zihni karışmıştı.

Der Mangel an menschlicher Interaktion hatte ihm nicht gutgetan.

İnsanlarla etkileşim eksikliği ona iyi gelmemişti.

Er brauchte das eintönige Leben im Kreise seiner Familie wirklich.

Ailesinin yanında geçireceği monoton hayata gerçekten ihtiyacı vardı.

Warum sonst hätte er eine solch unsinnige Forderung gestellt?

Aksi takdirde neden böyle saçma bir talepte bulunmuş olsun ki?

Welchen Sinn sollte es denn haben, sein Zimmer zu räumen?

Odasının boşaltılmasının ne gibi bir mantığı olabilirdi ki?

Das gemütliche Zimmer war mit geerbten Möbeln eingerichtet.

Aile yadigarı mobilyalarla döşenmiş konforlu oda.

Warum sollte er diese bekannte Wärme in eine Höhle verwandeln wollen?

Bildiği bu sıcaklığı neden bir mağaraya dönüştürmek istesin ki?

Eine Höhle, in der er ungestört in alle Richtungen kriechen konnte.

İçinde gönül rahatlığıyla her yöne sürünebileceği bir mağara.

Doch in einer Höhle vergaß er rasch seine menschliche Vergangenheit.

Ama o, insan geçmişini hızla unuttuğu bir mağaraydı burası.

Er fragte sich, ob er schon kurz davor war, alles zu vergessen.

Unutmaya çok yaklaşmış olup olmadığını merak etmek zorundaydı.

Die Stimme seiner Mutter hatte ihn aufgerüttelt und seine Erinnerung wachgerufen.

Annesinin sesi onu uyandırıp hatırlamasını sağlamıştı.

Die Stimme, die er so lange nicht gehört hatte.

Uzun zamandır duymadığı bir ses.

Nichts durfte entfernt werden; alles musste bleiben.

Hiçbir şey kaldırılmamalıydı; her şey olduğu gibi kalmalıydı.
Die Möbel wirkten sich positiv auf seinen Zustand aus.
Mobilyalar onun sağlık durumunu olumlu yönde etkiledi.
Und ohne diesen Anker zur Vergangenheit konnte er nicht zurechtkommen.
Ve geçmişle olan bu bağ olmadan başa çıkamazdı.
Die Möbel hinderten ihn daran, sinnlos herumzukriechen.
Mobilyalar onun anlamsızca etrafta sürünmesini engelliyordu.
Das war aber kein Verlust, sondern vielmehr ein großer Vorteil.
Ama bu bir kayıp değildi; aksine, büyük bir avantajdı.
Leider hatte die Schwester eine ganz andere Meinung.
Ne yazık ki kız kardeşinin bambaşka bir görüşü vardı.
Sie war gewissermaßen zu einer Sprecherin Gregors geworden.
Bir bakıma Gregor'un sözcüsü haline gelmişti.
Natürlich war ihre Meinung nicht völlig unberechtigt.
Elbette onun görüşü tamamen haksız değildi.
Doch der Meinung ihrer Mutter musste hier widersprochen werden.
Ancak burada annesinin görüşüne karşı çıkılması gerekiyordu.
Es war nicht nur die Kiste, die nun entfernt werden musste.
Artık sadece kutunun kaldırılması gerekmiyordu.
Sein Schreibtisch und der Kleiderschrank konnten ebenfalls nicht bleiben.
Masası ve gardırobu da olduğu gibi kalamazdı.
Das Einzige, was unverzichtbar war, war das Sofa.
Vazgeçilmez olan tek şey kanepeydi.
Sie hat diese Entscheidung nicht aus kindischem Trotz getroffen.
Bu kararı sadece çocukça bir isyankarlıktan almadı.
Es lag auch nicht an ihrem erst kürzlich gewonnenen Selbstvertrauen.
Bu, onun yakın zamanda kazandığı özgüven de değildi.
Das neue Selbstvertrauen, das sie hatte, trieb sie an, so hart für den Sieg zu arbeiten.

Bu yeni özgüven, kazanmak için çok çalışmasına olanak sağladı.

Auch wenn niemand erwartet hatte, dass sie dazu in der Lage sein würde.

Bunu başarabileceğini kimse beklemiyordu.

Gregor brauchte tatsächlich viel Platz zum Kriechen.

Gregor'un emeklemek için gerçekten de çok fazla alana ihtiyacı vardı.

Die Möbel schränkten den ihm zur Verfügung stehenden Raum zusätzlich ein.

Mobilyalar, sahip olduğu alanı yalnızca sınırlıyordu.

Sie konnte diese Dinge besser sehen als die Mutter.

Bu şeyleri annesinden daha iyi görebiliyordu.

Aber vielleicht spielte auch ihre romantische Ader eine Rolle.

Ama belki de romantik ruhu da bunda rol oynamıştır.

Mädchen in diesem Alter entwickeln oft eine gewisse Begeisterung.

Bu yaşlardaki kızlar genellikle belirli bir coşku kazanırlar.

Und sie verspüren das Bedürfnis, ihren Willen durchzusetzen, wann immer es ihnen möglich ist.

Ve ne zaman fırsat bulsalar kendi isteklerini elde etme ihtiyacı hissediyorlar.

Vielleicht wollte sie ihn deshalb heimlich sabotieren.

Belki de bu yüzden onu gizlice sabote etmek istedi.

Noch furchterregender ist er, wenn er an den Wänden entlangkriecht.

Duvarlarda süründüğünde daha da korkutucu oluyor.

Die Eltern trauten sich nicht mehr, das Zimmer zu betreten.

Anne ve baba artık odaya girmeye cesaret edemiyorlardı.

Sie wäre tatsächlich die alleinige Betreuerin ihres Bruders.

Gerçekten de kardeşinin tek bakıcısı o olacaktı.

Sie ließ sich von ihrer Mutter nicht umstimmen.

Annesinin onu aksine ikna etmesine izin vermedi.

Gregors Mutter fühlte sich in dem Zimmer bereits unwohl.

Gregor'un annesi odada zaten huzursuz hissediyordu.

Sie hörte bald auf zu sprechen und half ihrer Tochter erneut.

Kısa süre sonra konuşmayı kesti ve kızına tekrar yardım etti.

Mit ihren letzten Kräften entfernten sie den Kleiderschrank.

Kalan güçleriyle gardırobu yerinden söktüler.

Auf die Kommode konnte er verzichten.

Komodin onun için gereksizdi.

Der Schreibtisch musste aber vorerst dort bleiben.

Ama masa şimdilik yerinde kalmak zorundaydı.

Während die Frauen weg waren, versuchte er, sich einen Überblick über den Raum zu verschaffen.

Kadınlar odadan çıktıktan sonra, adam odayı değerlendirmeye çalıştı.

Und Gregor streckte seinen Kopf unter dem Sofa hervor.

Gregor da kanepenin altından kafasını uzattı.

Er musste sehen, was er in dieser Situation tun konnte.

Durum karşısında ne yapabileceğine bakması gerekiyordu.

Aber er war so vorsichtig und rücksichtsvoll wie möglich.

Ama o, olabildiğince dikkatli ve düşünceli davrandı.

Leider war es die Mutter, die zuerst zurückkehrte.

Maalesef ilk dönen anne oldu.

Grete war noch dabei, den Kleiderschrank im Nebenzimmer umzustellen.

Grete hâlâ yan odadaki gardırobu taşıyordu.

Die Mutter war den Anblick Gregors jedoch nicht gewohnt.

Ama anne Gregor'u görmeye alışık değildi.

Schon ein flüchtiger Blick auf ihn hätte sie krank machen können.

Onu şöyle bir görmek bile onu hasta edebilirdi.

Gregor eilte rückwärts zum anderen Ende des Sofas.

Gregor hızla geriye, kanepenin en ucuna doğru gitti.

Aber er konnte sich nicht zurücklehnen und das Bettlaken ausbalancieren.

Ama geri çekilip çarşafı dengeleyemedi.

Die Bewegung reichte aus, um die Aufmerksamkeit der Mutter zu erregen.

Bu hareket annenin dikkatini çekmeye yetti.

Sie hielt inne und verharrte einen kurzen Moment ganz still.

Durakladı ve kısa bir süre hareketsiz kaldı.

Dann drehte sie sich um und verließ das Zimmer wieder.
Sonra arkasını döndü ve odadan çıktı.
Gregor redete sich immer wieder ein, dass nichts Ungewöhnliches passiert sei.
Gregor kendi kendine olağanüstü bir şey olmadığını söyleyip durdu.
„Es handelt sich lediglich um ein paar Möbelstücke, die weggebracht wurden."
"Sadece bazı mobilyalar götürüldü."
Doch schon bald musste er zugeben, dass ihn die Ereignisse mitgenommen hatten.
Ancak kısa süre sonra olayların kendisini etkilediğini kabul etmek zorunda kaldı.
Die Frauen hatten alles, was sie taten, auch gesagt.
Kadınlar yaptıkları her şeyi söylüyorlardı.
Sie waren im Zimmer auf und ab gegangen.
Odanın içinde ileri geri yürüyorlardı.
Das Kratzen aller Möbelstücke auf dem Boden.
Mobilyaların yerde çıkardığı sürtünme sesleri.
Er hatte das Gefühl, von allen Seiten angegriffen zu werden.
Her yönden saldırıya uğradığını hissetti.
Er zog Kopf und Beine so fest wie möglich an.
Başını ve bacaklarını olabildiğince sıkıca içeri çekti.
Mit aller Kraft presste er seinen Körper zu Boden.
Tüm gücüyle vücudunu yere bastırdı.
Er wusste, dass er das alles nicht mehr lange aushalten konnte.
Bütün bunlara daha fazla dayanamayacağını biliyordu.
Sie räumten sein Zimmer aus und nahmen alles mit, was ihm lieb und teuer war.
Odasını boşalttılar ve sevdiği her şeyi aldılar.
Sie hatten bereits die Kiste mit all seinen Werkzeugen mitgenommen.
İçinde tüm aletlerin bulunduğu kutuyu çoktan almışlardı.
Nun lockerten sie seinen schweren Schreibtisch vom Boden.
Şimdi de ağır çalışma masasını yerden sökmeye başladılar.

Der Schreibtisch, an dem er nach seiner Rückkehr von der Arbeit gearbeitet hatte.
İşten döndükten sonra üzerinde çalıştığı masa.
Der Schreibtisch, an dem er seine Geschäftsaufgaben erledigt hatte.
İşle ilgili ödevlerini yazdığı masa.
Der Schreibtisch, an dem er in der Sekundarschule seine Hausaufgaben gemacht hatte.
Ortaokulda ödevlerini yaptığı masa.
Ja, diesen Schreibtisch hatte er schon in der Grundschule.
Evet, bu sırayı ilkokuldayken de kullanmıştı.
Er hatte wirklich keine Zeit, sich von ihren guten Absichten zu überzeugen.
Onların iyi niyetlerini teyit etmek için gerçekten vakti yoktu.
Obwohl er beinahe vergessen hatte, dass sie überhaupt da waren.
Gerçi onların orada olduğunu neredeyse unutmuştu zaten.
Weil sie vor Erschöpfung still arbeiteten.
Yorgunluktan dolayı sessizce çalışıyorlardı.
Sie waren zu müde, um ihre Bewegungen jetzt noch bekannt zu geben.
Hareketlerini şu an açıklayacak kadar enerjileri kalmamıştı.
Alles, was er hörte, waren ihre schweren Schritte auf dem Boden.
Duyduğu tek şey, yerde yankılanan ağır ayak sesleriydi.
Genau in diesem Moment lehnten sie an der Kiste.
Tam o anda kutuya yaslanmışlardı.
Und da kam Gregor unter dem Sofa hervor.
İşte o sırada Gregor kanepenin altından çıktı.
Er änderte viermal seine Laufrichtung.
Koştuğu yönü dört kez değiştirdi.
Er konnte sich nicht entscheiden, welcher Gegenstand zuerst gerettet werden musste.
Hangi eşyanın önce kurtarılması gerektiğine karar veremedi.
Plötzlich richtete sich sein Blick auf die leere Wand.
Birdenbire dikkati boş duvara yöneldi.

Alles, was sie ihm hinterlassen hatten, war das Bild der Dame im Pelzmantel.

Ona kalan tek şey kürk giymiş kadının resmiydi.

Er kroch zu dem Bild und drückte seinen Körper an sie.

Resme doğru sürünerek vücudunu ona bastırdı.

Und sein Körper verdeckte vollständig das Bild.

Ve bedeni resmin görüntüsünü tamamen kapattı.

Das Glas stützte ihn und kühlte seinen heißen Bauch.

Bardak onu ayakta tuttu ve sıcak karnını rahatlattı.

Dieses Foto konnte ihm nicht mehr abgenommen werden.

Bu fotoğraf artık ondan alınamazdı.

Dann wandte er den Kopf zur Wohnzimmertür.

Ardından başını oturma odasının kapısına doğru çevirdi.

Er wollte zusehen, wie die Frauen ins Zimmer zurückkehrten.

Kadınlar odaya geri dönerken onları izleyecekti.

Und sie ruhten sich nicht lange aus, bevor sie wieder zurückkehrten.

Ve çok geçmeden tekrar geri döndüler.

Grete hatte den Arm um ihre Mutter gelegt, um ihr beim Gehen zu helfen.

Grete, annesinin yürümesine yardımcı olmak için kolunu onun omzuna atmıştı.

„Was sollen wir denn jetzt nehmen?", fragte Grete und blickte sich um.

"Şimdi ne alacağız?" dedi Grete ve etrafına bakındı.

Genau in diesem Moment trafen sich ihre Blicke mit Gregors.

Tam o anda bakışları Gregor'un gözleriyle kesişti.

Trotz des Schocks behielt sie die Fassung.

Yaşadığı şoka rağmen soğukkanlılığını korudu.

Vermutlich nur wegen der Anwesenheit ihrer Mutter.

Muhtemelen sadece annesinin varlığı yüzünden.

Sie neigte ihr Gesicht zu ihrer Mutter und verdeckte ihr die Sicht.

Yüzünü annesine doğru eğerek, onun görüşlerini engelledi.

Und dann sagte sie, zitternd und gedankenlos:

Ve sonra, titreyerek ve düşünmeden şöyle dedi:

"Kommt schon, sollten wir nicht zurück ins Wohnzimmer gehen?"

"Hadi ama, oturma odasına geri dönsek olmaz mı?"

Gregor konnte die Absichten der Schwester leicht verstehen.

Gregor, kız kardeşinin niyetini kolaylıkla anlayabiliyordu.

Ihre oberste Priorität war es, ihre Mutter in Sicherheit zu bringen.

Onun önceliği annesini güvenli bir yere götürmekti.

Aber dann wollte sie ihn von der Mauer herunterjagen.

Ama sonra onu duvardan aşağı kovalayacaktı.

„Nun, sie kann es ja versuchen!", dachte Gregor bei sich.

"Elbette denemeye çalışabilir!" diye düşündü Gregor içinden.

Er behielt sein Bild fest im Blick und gab es nicht her.

Resminin üzerinde sıkıca oturdu ve onu bırakmadı.

Am liebsten wäre er der Schwester ins Gesicht gesprungen.

Kız kardeşinin yüzüne atlamayı tercih ederdi.

Doch Gretes Worte hatten ihre Mutter noch mehr beunruhigt.

Ancak Grete'nin sözleri annesini daha da endişelendirmişti.

Sie trat beiseite, um zu sehen, was vor ihr verborgen wurde.

Gizlenen şeyin ne olduğunu görmek için kenara çekildi.

Und sie sah den braunen Fleck auf der geblümten Tapete.

Ve çiçek desenli duvar kağıdındaki kahverengi lekeyi gördü.

Und sie schrie auf, noch bevor sie merkte, dass es Gregor war.

Ve Gregor olduğunu anlamadan önce bile çığlık attı.

"Oh Gott", schrie sie mit ausgestreckten Armen.

"Aman Tanrım!" diye bağırdı kollarını açarak.

Und sie sank auf die Couch, als hätte sie aufgegeben.

Ve sanki pes etmiş gibi kanepeye yığıldı.

„Gregor!", rief die Schwester ihm mit erhobener Faust zu.

"Gregor!" diye bağırdı kız kardeşi yumruğunu kaldırarak.

Und sie warf ihm einen langen, harten und durchdringenden Blick zu.

Ve ona uzun, sert ve delici bir bakış attı.

Dies war das erste Mal, dass sie direkt mit ihm gesprochen hatte.

Onunla ilk kez doğrudan konuşuyordu.

Sie rannte ins Nebenzimmer, um Riechsalz zu holen.

Koşarak yan odaya gitti ve biraz amonyak kokusu giderici sprey aldı.

Sie musste ihre Mutter wieder zum Bewusstsein bringen.

Annesini yeniden bilincine getirmek zorunda kaldı.

Gregor wollte helfen, er konnte das Bild später aufbewahren.

Gregor yardım etmek istedi, fotoğrafı daha sonra kurtarabilirdi.

Doch er war fest an der Glasscheibe festgeklebt.

Ama cama iyice yapışmıştı.

Deshalb musste er sich mit großer Kraft losreißen.

Bu yüzden kendini oradan kurtarmak için büyük bir güç kullanmak zorunda kaldı.

Auch er rannte in den nächsten Raum, wo sich die Schwester befand.

O da hemen yan odaya koştu, orada kız kardeş vardı.

Früher hätte er ihr vielleicht einen Rat geben können.

Eski zamanlarda ona bazı tavsiyelerde bulunabilirdi.

Doch nun konnte er nichts anderes tun, als tatenlos zuzusehen.

Ama artık yapabileceği tek şey, hiçbir şey yapmadan öylece durup izlemekti.

Sie durchwühlte die Schublade und öffnete verschiedene Flaschen.

Çekmecenin içini karıştırdı ve çeşitli şişeleri açtı.

Und er erschreckte sie immer noch, als sie sich umdrehte.

Kadın arkasını döndüğünde bile adam onu hâlâ korkutuyordu.

Eine Flasche fiel zu Boden, zerbrach und splitterte.

Bir şişe yere düştü, kırıldı ve parçalara ayrıldı.

Ein Glassplitter traf Gregor im Gesicht und verletzte ihn.

Bir cam parçası Gregor'un yüzüne isabet etti ve onu yaraladı.

Die Flasche hatte eine Art ätzende Flüssigkeit enthalten.

Şişenin içinde bir çeşit aşındırıcı sıvı vardı.

Und nun brannte die ätzende Flüssigkeit auf Gregors Gesicht.

Ve şimdi aşındırıcı sıvı Gregor'un yüzünü yakıyordu.

Die Schwester hatte jedoch im Moment keine Zeit für Gregor.

Ancak kız kardeşin şu anda Gregor'la ilgilenecek vakti yoktu.

Sie sammelte so viele Flaschen ein, wie sie tragen konnte.

Elinden geldiğince çok şişe aldı.

Und sie rannte mit der Medizin zurück zu ihrer Mutter.

Ve ilaçla birlikte annesinin yanına koştu.

Sie schlug die Tür mit dem Fuß zu und schloss Gregor aus.

Kapıyı ayağıyla sertçe çarparak Gregor'u dışarıda bıraktı.

Nun war er von seiner möglicherweise sterbenden Mutter abgeschnitten.

Artık ölmek üzere olan annesinden tamamen kopmuştu.

Wenn er die Tür öffnete, würde er die Schwester verjagen.

Kapıyı açarsa kız kardeşini kovardı.

Aber natürlich musste sie bleiben, um sich um die Mutter zu kümmern.

Ama elbette annesine bakmak için kalmak zorundaydı.

Es gab für ihn nichts anderes zu tun, als auf sie zu warten.

Artık yapabileceği tek şey onları beklemekti.

Von Selbstvorwürfen und Angst geplagt, begann er zu kriechen.

Kendini suçlama ve kaygıdan bunalmış bir halde emeklemeye başladı.

Er kroch überall hin; an Wänden, Möbeln, der Decke.

Her yere süründü; duvarlara, mobilyalara, tavana.

Er hatte das Gefühl, als würde sich der ganze Raum um ihn drehen.

Bütün odanın etrafında döndüğünü hissetti.

Schließlich fiel er, verzweifelt und schwindlig, wieder zu Boden.

Sonunda, umutsuzluğa ve baş dönmesine kapılarak yere düştü.

Und er fiel direkt auf den großen Esstisch.

Ve tam da büyük yemek masasının üzerine düştü.

Er lag eine Weile da, betäubt und unfähig sich zu bewegen.

Bir süre orada uyuşmuş ve hareket edemez halde yattı.

Er war erschöpft von all dem, was ihm dieser Tag gebracht hatte.

Günün getirdiği her şeyden dolayı bitkin düşmüştü.

Es herrschte ringsum Stille, aber vielleicht war das ein gutes Zeichen.

Etraf tamamen sessizdi, ama belki de bu iyiye işaretti.

Dann zerriss das Klingeln an der Haustür die Stille.

Ardından, sessizliği bozan bir şekilde, dışarıdaki zil çaldı.

Das Dienstmädchen hatte sich natürlich in ihrer Küche eingeschlossen.

Hizmetçi kadın elbette kendini mutfağa kilitlemişti.

Die Schwester war also die Einzige, die die Tür öffnen konnte.

Dolayısıyla kapıyı açabilecek tek kişi kız kardeşti.

„Was ist passiert?“, fragte der Vater als Erstes.

"Ne oldu?" diye sordu baba ilk olarak.

Gretes Erscheinung hatte ihm wahrscheinlich alles verraten.

Grete'nin görünüşü muhtemelen ona her şeyi anlatmıştı.

Gretes Stimme wurde beim Sprechen gedämpft und dumpf.

Grete konuşurken sesi boğuk ve cansız bir hal aldı.

Sie muss ihr Gesicht an die Brust ihres Vaters gedrückt haben.

Yüzünü babasının göğsüne yaslamış olmalıydı.

„Mutter war bewusstlos, aber es geht ihr jetzt besser.“

"Annem bilincini kaybetmişti, ama şimdi daha iyi hissediyor."

„Gregor ist entkommen“, fügte sie hinzu, was er auch erwartet hatte.

"Gregor kaçtı," diye ekledi kadın, ki bu da adamın beklediği bir şeydi.

"Ich habe dir doch immer gesagt, dass er eines Tages ausbrechen würde."

"Sana hep bir gün kaçacağını söylemiştim."

„Aber ihr Frauen wolltet mir ja nicht zuhören, nicht wahr?“

"Ama siz kadınlar beni dinlemek istemediniz, değil mi?"

Gregor erkannte schnell, wie sein Vater die Dinge sehen würde.

Gregor, babasının olaylara nasıl baktığını çabucak anladı.

Er hatte Gretes allzu kurze Nachricht falsch interpretiert.

Grete'nin aşırı kısa mesajını yanlış anlamıştı.

Er nahm an, Gregor habe eine Gewalttat begangen.

Gregor'un bir şiddet eylemi gerçekleştirdiğini varsaydı.

Gregor musste einen Weg finden, seinen Vater irgendwie zu besänftigen.

Gregor bir şekilde babasını yatıştırmanın yolunu bulmalıydı.

Weil er keine Zeit hatte, ihm die Dinge zu erklären.

Çünkü ona her şeyi açıklayacak vakti yoktu.

Aber er hätte die Dinge ohnehin nicht erklären können.

Ama zaten hiçbir şekilde olayları açıklayamazdı.

Da flüchtete er zur Tür und drückte sich dagegen.

Bunun üzerine kapıya koştu ve kendini kapıya dayadı.

So konnte sein Vater ihn vom Vorzimmer aus sehen.

Bu sayede babası onu antreden görebiliyordu.

Und er würde erkennen, dass er die besten Absichten hatte.

Ve böylece en iyi niyetlerle hareket ettiğini görebilecekti.

Es war nicht nötig, ihn mit einem Besen zurückzudrängen.

Onu süpürgeyle geri itmeye hiç gerek yoktu.

Der Vater hätte lediglich die Tür öffnen müssen.

Babanın yapması gereken tek şey kapıyı açmaktı.

Doch er hatte keine Lust, solche Feinheiten zu bemerken.

Ama o, bu tür incelikleri fark edecek havada değildi.

"Da bist du ja!", rief er, sobald er eingetreten war.

İçeri girer girmez "İşte buradasın!" diye haykırdı.

Es war, als wäre er gleichzeitig wütend und glücklich.

Sanki aynı anda hem kızgın hem de mutluydu.

Er zog den Kopf zurück und blickte zu seinem Vater auf.

Başını geriye çekti ve babasına baktı.

Er hatte sich seinen Vater nicht so vorgestellt.

Babasının orada öylece duracağını hiç hayal etmemişti.

Doch in letzter Zeit hatte er eine neue Ablenkung gefunden.

Ancak son zamanlarda yeni bir oyalama kaynağı bulmuştu.

**Das Herumkriechen nahm nun einen großen Teil seines
Tages ein.**
Artık gününün büyük bir bölümünü emekleyerek geçiriyordu.
**Zuvor hatte er alle Neuigkeiten in der Wohnung im Blick
behalten.**
Önceden, apartmandaki tüm haberleri takip ederdi.
**Aber in letzter Zeit hatte er nicht mehr so genau darauf
geachtet.**
Ama son zamanlarda pek dikkat etmiyordu.
Er hätte auf Veränderungen vorbereitet sein müssen.
Değişikliklerle karşılaşmaya hazırlıklı olmalıydı.
Aber war dieser Mann vor ihm noch der Vater?
Yine de, karşısındaki bu adam hâlâ baba mıydı?
**War er noch derselbe Mann, der früher müde in seinem Bett
lag?**
Eskiden yatağında yorgun argın yatan adam aynı kişi miydi?
Als Gregor bereits auf Geschäftsreise war.
Gregor çoktan iş seyahatine çıkmıştı.
War er derselbe Mann, der ihn abends begrüßte?
Akşamları onu karşılayan adam aynı kişi miydi?
Als er in seinem Morgenmantel in seinem Sessel saß.
Sabahlık giymiş halde koltuğunda otururken.
**War er derselbe Mann, der nicht aufstehen konnte, um ihn
zu begrüßen?**
O, onu karşılamak için ayağa kalkamayan aynı adam mıydı?
So blieb er sitzen und hob freudig den Arm.
Oturduğu yerden kalkmadan, sevinç işareti olarak kolunu
kaldırdı.
**War er derselbe Mann, mit dem er gelegentlich spazieren
ging?**
Ara sıra birlikte yürüyüşe çıktığı adam aynı kişi miydi?
**In seltenen Fällen: an einigen Sonntagen im Jahr oder an
Feiertagen.**
Nadiren: yılda birkaç Pazar günü veya resmi tatillerde.
**War er derselbe Mann, der in seinen Mantel gehüllt
herüberkam?**
Paltosuna sarınmış halde yürüyen adam aynı kişi miydi?

Musste er sich langsam zwischen Mutter und ihm vorwärtsarbeiten?

Acaba doğum sancıları yavaş yavaş, anne ile kendi arasında mı başladı?

Und sie gingen seinetwegen bereits langsam.

Zaten onun yüzünden yavaş yürüyorlardı.

Doch nun stand dieser Mann stark und aufrecht.

Ama şimdi bu adam dimdik ve güçlü bir şekilde ayakta duruyordu.

Er trug eine blaue Uniform mit goldenen Knöpfen.

Üzerinde altın düğmeli mavi bir üniforma vardı.

Knöpfe, die die Angestellten der Bankinstitute tragen.

Bankacılık kurumlarında çalışanların taktığı düğmeler.

Über dem steifen Kragen trat sein markantes Doppelkinn hervor.

Sert yakasının üzerinden belirgin çift çenesi ortaya çıktı.

Unter seinen buschigen Augenbrauen blickten seine schwarzen Augen hervor.

Gür kaşlarının altından siyah gözleri dışarı bakıyordu.

Seine Augen wirkten nun durchdringend, frisch und aufmerksam.

Şimdi gözleri delici, canlı ve tetikte görünüyordu.

Das zuvor zerzauste weiße Haar wurde glatt gekämmt.

Daha önce dağınık olan beyaz saçlar düzleştirildi.

Und sein Haar hatte nun einen sorgfältigen Mittelscheitel.

Saçları artık özenle ortadan ayrılmıştı.

Er warf seinen Hut weg, der mit einem goldenen Monogramm verziert war.

Üzerinde altın bir monogram bulunan şapkasını fırlattı.

Es handelte sich wahrscheinlich um das Monogramm der Bank, für die er arbeitete.

Muhtemelen çalıştığı bankanın monogramıydı.

Und der Hut landete auf dem Sofa, um später weggeräumt zu werden.

Şapka da daha sonra kaldırılmak üzere kanepenin üzerine düştü.

Er schob den Saum der langen Uniformjacke zurück.

Uzun üniforma ceketinin etek kısmını geriye doğru itti.

Und er steckte seine Daumen in die Hosentaschen.

Ve başparmaklarını pantolonunun ceplerine soktu.

Und dann ging er mit finsterer Miene auf Gregor zu.

Ardından, yüzünde asık bir ifadeyle Gregor'a doğru yürüdü.

Er wusste wahrscheinlich selbst noch nicht, was er vorhatte.

Muhtemelen ne yapmayı planladığını kendisi bile bilmiyordu.

Dennoch hob er die Füße ungewöhnlich hoch.

Ama yine de ayaklarını alışılmadık derecede yukarı kaldırdı.

Gregor staunte über die enorme Größe seiner Stiefel.

Gregor, çizmelerinin muazzam büyüklüğüne hayret etti.

Doch dafür blieb wirklich keine Zeit, seine Schuhe zu bewundern.

Ama ayakkabılarına hayran kalacak vakit gerçekten yoktu.

Der Vater hatte sich für eine sehr strenge Disziplin entschieden.

Baba çok sıkı bir disiplin uygulamaya karar vermişti.

Für Gregor war nur die größtmögliche Strenge angemessen.

Gregor için yalnızca en ağır ceza uygundu.

Das wusste er vom ersten Tag seiner Verwandlung an.

O, dönüşümünün ilk gününden itibaren bunu biliyordu.

Er rannte zu seinem Vater und blieb stehen, als dieser stehen blieb.

Babasına doğru koştu ve babası durunca o da durdu.

Als er sich wieder bewegte, huschte er erneut auf ihn zu.

Adam tekrar hareket edince, o da hızla ona doğru koştu.

Der Vater hielt einen Moment inne, und Gregor tat es ihm gleich.

Baba bir an duraksadı, Gregor da öyle.

Und sobald sich sein Vater bewegte, stürmte er wieder vorwärts.

Babası hareket eder etmez tekrar ileri atıldı.

Auf diese Weise gingen sie mehrmals im Kreis um den Raum.

Bu şekilde odanın etrafında birkaç kez dolaştılar.

Bislang hatte noch niemand einen entscheidenden Vorteil errungen.

Henüz kimse kesin bir üstünlük elde edememişti.

Man konnte nicht den Eindruck einer Verfolgungsjagd gewinnen.

Bir kovalamaca izlenimi edinmek mümkün değildi.

Weil das ganze Geschehen viel zu langsam vonstatten ging.

Çünkü tüm etkinlik çok yavaş ilerliyordu.

Gregor hatte beschlossen, am Boden zu bleiben.

Gregor yerde kalmaya karar vermişti.

Er hätte die Wände hoch und an der Decke entlanglaufen können.

Duvarlara ve tavana tırmanabilirdi.

Er wollte den Vater aber nicht unnötig provozieren.

Ama babayı gereksiz yere kışkırtmak istemedi.

Eine solche Flucht hätte besonders verwerflich erscheinen können.

Böyle bir kaçış özellikle kötü niyetli görünebilirdi.

Gregor räumte ein, dass diese Jagd nicht mehr lange dauern könne.

Gregor bu kovalamacanın daha fazla süremeyeceğini kabul etti.

Jeder Schritt erforderte eine Vielzahl von Bewegungen.

Her adım, sayısız hamleyle karşılanmalıydı.

Er begann bereits Atemnot zu verspüren.

Nefes darlığı hissetmeye başlamıştı bile.

Schon vorher hatte er nie absolut zuverlässige Lungen gehabt.

Daha öncesinde bile ciğerleri hiçbir zaman tamamen güvenilir olmamıştı.

Er taumelte dahin und sparte seine Kräfte für den Lauf.

Sendelleyerek ilerledi, gücünü koşu için saklıyordu.

Er war so müde, dass er die Augen kaum noch offen halten konnte.

O kadar yorgundu ki gözlerini açık tutmakta bile zorlanıyordu.

Seine Gedanken verlangsamten sich zu sehr, um an andere Fluchtmöglichkeiten zu denken.

Düşünceleri o kadar yavaşlamıştı ki başka kaçış yollarını
düşünemez hale gelmişti.
**Er hatte fast vergessen, dass ihm die Wände zur Verfügung
standen.**
Duvarların kendisine açık olduğunu neredeyse unutmuştu.
Die Wände waren aber ohnehin hinter Möbeln verborgen.
Ama duvarlar zaten mobilyaların arkasında gizliydi.
Und die Möbel wiesen zu viele Kerben und Vorsprünge auf.
Mobilyaların çok fazla girinti ve çıkıntısı vardı.
Und dann, direkt neben ihm, rollte ein Apfel.
Ve hemen yanında, yuvarlanarak duran bir elma vardı.
**Ihm wurde klar, dass der Apfel nach ihm geworfen worden
sein musste.**
Elmanın kendisine fırlatılmış olması gerektiğini anladı.
**Doch er hatte keine Zeit zum Nachdenken, da kam schon
der nächste Apfel.**
Ama düşünmeye vakti kalmadan başka bir elma geldi.
**Gregor erstarrte vor Schreck über die neue Strategie seines
Vaters.**
Gregor, babasının yeni stratejisi karşısında şok içinde
donakaldı.
Er konnte durch einen Fluchtversuch nichts mehr gewinnen.
Artık kaçmaya çalışmaktan hiçbir şey kazanamazdı.
**Der Vater hatte beschlossen, ihn mit Früchten zu
überhäufen.**
Baba, oğlunu meyvelerle boğmaya karar vermişti.
**Er hatte sich die Taschen mit Obst aus der Küchenschale
gefüllt.**
Mutfaktaki meyve tabağından ceplerini doldurmuştu.
Ohne besonders darauf zu zielen, warf er Apfel um Apfel.
Hedef almadan, elma üstüne elma fırlattı.
Diese kleinen roten Äpfel rollten auf dem Boden herum.
Bu küçük kırmızı elmalar yerde yuvarlanıyordu.
**Wie von einem Stromschlag getroffen, stießen die Äpfel
aneinander.**
Sanki elektrik çarpmış gibi, elmalar birbirine çarptı.

**Einer der schwach geworfenen Äpfel streifte Gregors
Rücken.**
Zayıf bir şekilde fırlatılan elmalardan biri Gregor'un sırtını
sıyırdı.
Zum Glück für ihn rutschte der Apfel harmlos herunter.
Neyse ki elma zararsız bir şekilde elinden kayıp düştü.
Der anschließend geworfene Apfel traf jedoch genauer.
Ancak sonradan atılan elma daha isabetliydi.
Und dieser Apfel blieb tief in Gregors Rücken stecken.
Ve bu elma Gregor'un sırtına iyice saplandı.
Gregor wollte sich vor dem Schmerz davonreißen.
Gregor kendini acıdan uzaklaştırmak istiyordu.
**Vielleicht ließe sich diesem neuen, unvorstellbaren Schmerz
entkommen.**
Belki de bu yeni, inanılmaz acıdan kurtulmak mümkün
olabilir.
Vielleicht würde ein Ortswechsel seine Qualen lindern.
Belki yer değiştirmek çektiği acıyı hafifletebilir.
Aber er fühlte sich, als wäre er am Boden festgenagelt.
Ama kendini yere çivilenmiş gibi hissediyordu.
Er streckte sich aus, aber nur aufgrund seiner Verwirrung.
Gerindi, ama bu sadece kafa karışıklığından kaynaklanıyordu.
Erst mit seinem letzten Blick sah er, wie sich die Tür öffnete.
Kapının açıldığını ancak son bir bakışıyla fark etti.
Die Mutter stürzte vor die schreiende Schwester hinaus.
Anne, çığlık atan kız kardeşinin önüne fırladı.
**Die Schwester hatte sie ausgezogen, sodass sie nur noch ihr
Hemd trug.**
Kız kardeşi onu soymuştu, bu yüzden sadece gömleğiyle
kalmıştı.
Sie hatte in ihrer Bewusstlosigkeit Freiraum gebraucht.
Bilinçsizliği sırasında nefes alma alanına ihtiyacı vardı.
Er sah noch, wie die Mutter auf den Vater zulief.
Annenin babaya doğru koştuğunu hâlâ görüyordu.
Ihre Röcke rutschten einer nach dem anderen zu Boden.
Etekleri birer birer yere kaydı.

**Er sah, wie sie auf den Vater zuging und über ihren Rock
stolperte.**
Kızın babaya doğru yaklaştığını ve eteğine takılıp düştüğünü
gördü.
**Sie umarmte ihn und bat darum, Gregors Leben zu
verschonen.**
Onu kucaklayarak Gregor'un hayatının bağışlanmasını istedi.
**In völliger Einheit mit seinem Körper versagte auch sein
Augenlicht.**
Bedeniyle tam bir bütünleşme sonucu görme yeteneğini
kaybetti.

Teil Drei

Üçüncü Bölüm

Gregor litt über einen Monat lang unter der schweren Verletzung.
Gregor, bir aydan fazla bir süre boyunca bu ağır sakatlıkla mücadele etti.
Der Apfel steckte fest; niemand wagte es, ihn zu entfernen.
Elma sapından ayrılmadı; kimse onu çıkarmaya cesaret edemedi.
Der Apfel blieb als sichtbare Erinnerung in seinem Fleisch zurück.
Elma, görünür bir hatırlatıcı olarak vücudunda kaldı.
Der Apfel diente dem Vater aber auch als Erinnerung.
Ancak elma aynı zamanda baba için de bir hatırlatma niteliği taşıyordu.
Ihm wurde klar, dass Gregor nicht wie ein Feind behandelt werden sollte.
Gregor'a düşman gibi davranılmaması gerektiğini anladı.
Im Moment mag sein Erscheinungsbild traurig und abstoßend wirken.
Şu anki görünümü üzücü ve iğrenç olabilir.
Aber dennoch war er ein Mitglied ihrer Familie.
Ancak yine de onların ailesinin bir üyesiydi.
Der Widerwille musste überwunden und toleriert werden.
Bu isteksizlik yutulmalı ve katlanılmalıydı.
Aufgrund seiner Verletzung könnte seine Beweglichkeit für immer verloren sein.
Aldığı yara nedeniyle hareket kabiliyetini sonsuza dek kaybetmiş olabilir.
Er kroch immer noch in seinem Zimmer herum, aber viel langsamer.
Odasında hâlâ emekleyerek dolaşıyordu, ama çok daha yavaş.
Kriechen in irgendeiner Höhe war völlig ausgeschlossen.
Yüksek yerlerde sürünmek kesinlikle söz konusu bile değildi.
Gregor erhielt jedoch eine Form der Entschädigung.
Ancak Gregor bir tür tazminat aldı.

Am Abend wurde ihm die Wohnzimmertür geöffnet.
Akşamları oturma odasının kapısı onun için açıldı.
Und er war der Ansicht, dass diese
Wiedergutmachungszahlungen vollkommen angemessen
seien.
Ve bu tazminatların tamamen yeterli olduğunu düşünüyordu.
Noch vor Einbruch der Dunkelheit begann er, die Tür zu
beobachten.
Akşam olmadan önce bile kapıyı gözetlemeye başlamıştı.
Er lag in der Dunkelheit, vom Wohnzimmer aus unsichtbar.
Karanlıkta, oturma odasından görünmeyecek şekilde
uzanıyordu.
Er konnte die ganze Familie an dem beleuchteten Tisch
sehen.
Aydınlatılmış masanın başında tüm aileyi görebiliyordu.
Nun durfte er ihren Gesprächen zuhören.
Artık onların konuşmalarını dinlemesine izin verilmişti.
Dies unterschied sich deutlich von ihrer vorherigen
Vereinbarung.
Bu, önceki düzenlemelerinden oldukça farklıydı.
Die lebhaften Gespräche vergangener Zeiten waren
verstummt.
Eskiden yaşanan o canlı sohbetler sona ermişti.
Das waren die Gespräche, nach denen er sich immer gesehnt
hatte.
İşte o, bu tür konuşmaları çok özlemişti.
Als er allein in kleinen Hotelzimmern schlief.
Küçük otel odalarında yalnız başına uyurken.
Als er sich in die feuchte Bettwäsche werfen musste.
Kendini nemli yatak örtülerinin içine atmak zorunda
kaldığında.
Die Abende verliefen nun meist ruhig und ereignislos.
Ancak akşamlar artık çoğunlukla sakin ve olaysız geçiyordu.
Der Vater schlief nach dem Abendessen in seinem Sessel
ein.
Baba, akşam yemeğinden sonra koltuğunda uyuyakaldı.
Und Mutter und Schwester ermahnten einander zur Stille.

Anne ve kız kardeş birbirlerini sessiz olmaya çağırdılar.
Die Mutter beugte sich weit über die Lampe und nähte Leinen.
Anne, lambaya doğru eğilerek keten kumaş dikiyordu.
Sie entwirft jetzt Kleider für eines der Modegeschäfte.
Şimdi moda mağazalarından biri için elbiseler dikiyor.
Wie Gregor hatte auch die Schwester eine Stelle als Verkäuferin angenommen.
Gregor gibi kız kardeşi de satış elemanı olarak işe girmişti.
Sie lernte abends Stenografie und Französisch.
Akşamları stenografi ve Fransızca öğreniyordu.
Damit sie später vielleicht eine bessere Arbeitsstelle bekommen könnte.
Böylece belki ileride daha iyi bir iş pozisyonu bulabilirdi.
Manchmal wachte der Vater von seinem abendlichen Nickerchen auf.
Bazen baba akşam uykusundan uyanırdı.
"Liebling, du nähst heute schon so lange!"
"Sevgilim, bugün çok uzun zamandır dikiş dikiyorsun!"
Er schien vergessen zu haben, dass er geschlafen hatte.
Uyuduğunu unutmuş gibiydi.
Doch er fiel sofort wieder in seinen Schlaf zurück.
Ama o hemen tekrar uykuya daldı.
Und Mutter und Schwester lächelten einander müde an.
Anne ve kız kardeş birbirlerine yorgun bir gülümsemeyle baktılar.
Der Vater hatte eine seltsame neue Sturheit entwickelt.
Babada garip bir inatçılık gelişmişti.
Selbst zu Hause weigerte er sich, seine Dieneruniform auszuziehen.
Evde bile hizmetçi üniformasını çıkarmayı reddetti.
Und sein Morgenmantel hing nutzlos am Kleiderbügel.
Ve sabahlığı askıda işe yaramaz bir şekilde asılı kaldı.
So schlief der Vater, vollständig bekleidet, in seinem Sessel.
Baba, giyinik halde koltuğunda uyudu.
Es war, als ob er immer bereit wäre, seinen Dienst zu leisten.
Şanki her zaman hizmetini yerine getirmeye hazır gibiydi.

Als ob er nur auf die Stimme seines Vorgesetzten gewartet hätte.

Sanki amirinin sesini bekliyordu.

Dies führte dazu, dass seine Uniform an Sauberkeit verlor.

Bu durum, üniformasının temizliğinin bozulmasına yol açtı.

Obwohl die Uniform auch nicht neu war, als er sie bekam.

Üniformayı aldığında da yeni değildi aslında.

Und die Mutter tat ihr Bestes, um die Uniform zu pflegen.

Ve anne de üniformaya en iyi şekilde bakmaya çalıştı.

Gregor verbrachte ganze Abende damit, diese Uniform anzusehen.

Gregor bütün akşamlarını bu üniformaya bakarak geçirdi.

Er beobachtete, wie der alte Mann äußerst unbequem schlief.

Yaşlı adamın son derece rahatsız bir şekilde uyuduğunu izledi.

Doch im Schlaf bemerkte er auch etwas Friedliches.

Ancak uykusunda huzurlu bir şey de fark etti.

Als die Uhr zehn schlug, versuchte die Mutter, ihn zu wecken.

Saat onu gösterdiğinde anne onu uyandırmaya çalıştı.

Sie sprach leise und überredete ihn, ins Bett zu gehen.

Kadın sakin bir sesle konuştu ve onu yatağa gitmeye ikna etti.

Denn auf dem Sessel zu schlafen war kein richtiger Schlaf.

Çünkü koltukta uyumak gerçek uyku değildi.

Er musste um sechs Uhr mit der Arbeit beginnen.

Saat altıda işe başlaması gerekecekti.

Deshalb musste er unbedingt so gut wie möglich schlafen.

Bu yüzden gerçekten de olabildiğince iyi uyuması gerekiyordu.

Doch er war von einer neuen Form der Sturheit ergriffen.

Fakat o, yeni bir tür inatçılığa kapılmıştı.

Die Tatsache, dass er Diener geworden war, hatte begonnen, diese Wirkung auf ihn zu haben.

Hizmetçi olmak onda bu etkiyi yaratmaya başlamıştı.

Deshalb bestand er immer darauf, länger am Tisch zu bleiben.

Bu yüzden her zaman masada daha uzun süre kalmakta ısrar ederdi.

Obwohl er regelmäßig wieder in seinem Sessel einschlief.

Yine de düzenli olarak koltuğunda uyuyakalıyordu.

Und er ließ sich nur mit größter Mühe bewegen.

Ve onu yerinden oynatmak son derece zordu.

Man musste ihm erklären, dass das Bett besser für ihn wäre.

Ona yatağın kendisi için daha iyi olacağı söylenmeliydi.

Mutter und Schwester mussten nachdrücklich darauf bestehen, oft mit nur wenigen Vorwarnungen.

Annem ve kız kardeşim, ufak tefek uyarılarla da olsa ısrar etmek zorunda kaldılar.

Fünfzehn Minuten lang schüttelte er nur langsam den Kopf.

On beş dakika boyunca sadece yavaşça başını salladı.

Und er hielt die Augen geschlossen und weigerte sich aufzustehen.

Gözlerini kapalı tuttu ve kalkmayı reddetti.

Die Mutter zupfte sanft, aber bestimmt an seinem Ärmel.

Anne, nazikçe ama kararlı bir şekilde oğlunun kolundan çekiştirdi.

Und sie flüsterte ihm schmeichelhafte Worte in seine müden Ohren.

Ve yorgun kulaklarına iltifat dolu sözler fısıldadı.

Die Schwester unterbrach ihre Arbeit, um ihrer Mutter zu helfen.

Kız kardeş, annesine yardım etmek için yaptığı işi bıraktı.

Doch keiner ihrer Versuche zeigte Wirkung beim Vater.

Ama onların hiçbir çabası baba üzerinde işe yaramadı.

Er sank noch tiefer in seinen Stuhl, bereit zum Schlafen.

Uykuya dalmaya hazırlanarak koltuğuna daha da gömüldü.

Und schließlich packten ihn die Frauen unter den Achseln.

Ve sonunda kadınlar onu koltuk altlarından yakaladılar.

Er öffnete die Augen und blickte sie abwechselnd an.

Gözlerini açtı ve onlara sırayla baktı.

„Was für ein Leben!", klagte er beim Zubettgehen.

Yatağa giderken, "Ne hayat ama!" diye yakındı.

"Ist das der Frieden, der mir im Alter zuteilwurde?"

"Yaşlılığımda bana bahşedilen huzur bu mu?"
**Doch dann stützte er sich auf die beiden Frauen und stand
unbeholfen auf.**
Ama sonra, iki kadına yaslanarak, beceriksizce ayağa kalktı.
Er tat so, als trüge er die schwerste Last.
Sanki çok ağır bir yükü omuzlarında taşıyormuş gibi
davrandı.
**Er ließ sich von den beiden Frauen bis ans andere Ende des
Raumes führen.**
İki kadının kendisini odanın sonuna kadar götürmesine izin
verdi.
**Dort wünschte er ihnen eine gute Nacht und ging dann
allein weiter.**
Orada onlara iyi geceler diledi ve kendi yoluna devam etti.
Doch die Mutter warf hastig ihr Nähzeug hin.
Ama anne aceleyle dikiş takımını yere attı.
**Und auch die Schwester legte den Stift und den Notizblock
beiseite.**
Kız kardeş de kalemi ve not defterini bıraktı.
**Und sie liefen hinter dem Vater her, um ihm weiter zu
helfen.**
Ve babalarına yardım etmek için onun arkasından koştular.
**Wer in dieser überarbeiteten Familie hatte schon Zeit für
Gregor?**
Bu aşırı çalışan ailede Gregor'a vakit ayırabilecek kim vardı?
**Wer hätte ihm mehr Aufmerksamkeit schenken können als
nötig?**
Ona gerekenden fazla ilgi göstermiş olabilecek kim vardı?
Das Haushaltsbudget wurde zunehmend eingeschränkt.
Hane halkı bütçesi giderek daha da kısıtlandı.
**Um Geld zu sparen, mussten sie schließlich das
Dienstmädchen entlassen.**
Sonunda, para tasarrufu yapmak için hizmetçiyi işten
çıkarmak zorunda kaldılar.
Sie wurde durch eine stämmige, weißhaarige Frau ersetzt.
Onun yerine iri yapılı, beyaz saçlı bir kadın getirildi.
Diese Frau kam jedoch nur morgens und abends.

Fakat bu kadın sadece sabahları ve akşamları geliyordu.
**Und die schwerste und härteste Arbeit wurde ihr
aufgehoben.**
En ağır ve en zor işlerin hepsi ona bırakılmıştı.
Alle anderen Hausarbeiten wurden von der Mutter erledigt.
Diğer tüm ev işlerini anne hallediyordu.
**Es kam sogar vor, dass verschiedene
Familienschmuckstücke verkauft wurden.**
Hatta çeşitli aile mücevherlerinin satıldığı da oldu.
**Schmuck, den die Frauen bei Feierlichkeiten mit Freude
getragen hatten.**
Kadınların kutlamalar sırasında mutlulukla taktıkları takılar.
Gregor erfuhr dies in einer der allgemeinen Diskussionen.
Gregor bunu genel tartışmalardan birinde öğrendi.
Die größte Beschwerde betraf jedoch etwas anderes.
Ancak en büyük şikayet bambaşka bir şeydi.
**Die Wohnung war zu groß, aber sie konnten nicht
ausziehen.**
Daire çok büyüktü ama taşınamıyorlardı.
Es gab keine Möglichkeit, Gregor umzusiedeln.
Gregor'u başka bir yere taşımalarının hiçbir yolu yoktu.
**Gregor erkannte jedoch, dass es nicht nur um
Rücksichtnahme ging.**
Ancak Gregor bunun sadece bir düşünce meselesi olmadığını
fark etti.
Etwas anderes hielt sie davon ab, woanders hinzuziehen.
Başka bir şey onların başka bir yere taşınmalarını engelledi.
**Er hätte problemlos in einer geeigneten Kiste transportiert
werden können.**
Uygun bir kutu içinde kolaylıkla taşınabilirdi.
Ihre Gefühle völliger Hoffnungslosigkeit hielten sie zurück.
Tamamen umutsuzluğa kapılmaları onları geri tuttu.
**Sie wollten sich nicht eingestehen, dass sie vom Unglück
getroffen worden waren.**
Başlarına gelen felaketi kabul etmek istemediler.
**Was die Welt von armen Menschen verlangt, das haben sie
erfüllt.**

Dünyanın yoksullardan beklediği her şeyi yerine getirdiler.
**Der Vater holte dem kleinen Bankangestellten das
Frühstück.**
Baba, küçük banka memuru için kahvaltı getirdi.
Die Mutter opferte sich für die Wäsche von Fremden auf.
Anne, tanımadığı insanların çamaşırları için kendini feda etti.
**Die Schwester rannte hin und her, um die Bestellungen der
Kunden aufzunehmen.**
Rahibe, müşterilerin siparişlerini almak için sürekli ileri geri
koşturdu.
**Aber sie hatten einfach nicht mehr die Kraft, irgendetwas
weiter zu tun.**
Ama artık daha fazlasını yapacak güçleri kalmamıştı.
Die Wunde in Gregors Rücken schmerzte nun noch mehr.
Gregor'un sırtındaki yara daha da çok acımaya başladı.
**Jeden Abend brachten Mutter und Schwester den Vater ins
Bett.**
Her gece anne ve kız kardeş babayı yatağa getirirdi.
Sie ließen ihre Arbeit liegen und setzten sich zusammen.
Yaptıkları işleri oldukları yerde bıraktılar ve birlikte
oturdular.
**Und sie rückten näher zusammen und saßen Wange an
Wange.**
Ve birbirlerine daha da yaklaştılar, yanak yanağa oturdular.
Die Mutter zeigte auf das Zimmer, von dem aus er zusah.
Anne, oğlunun izlediği odayı işaret etti.
"Würdest du die Tür schließen?", fragte sie die Schwester.
"Kapıyı kapatır mısın?" diye sordu kız kardeşine.
Und dann war Gregor wieder allein in der Dunkelheit.
Ve sonra Gregor yine karanlıkta yapayalnız kaldı.
Und im Nebenzimmer vermischten die Frauen ihre Tränen.
Yan odada ise kadınlar gözyaşlarını birbirine karıştırdılar.
**Oder sie saßen mit trockenen Augen da und starrten einfach
nur auf den Tisch.**
Ya da gözyaşlarını tutmuş bir şekilde, sadece masaya bakarak
oturuyorlardı.
Gregor schlief kaum, weder nachts noch tagsüber.

Gregor neredeyse hiç uyumuyordu, ne gece ne de gündüz.
Er dachte oft darüber nach, wie er der Familie helfen könnte.
Aileye nasıl yardımcı olabileceğini sık sık düşünürdü.
Er dachte darüber nach, das Geld wieder für sie zu verdienen.
Onlar için tekrar para kazanmayı düşündü.
Er dachte darüber nach, das zu tun, was er früher für sie getan hatte.
Eskiden onlar için yaptığı şeyleri yapmayı düşündü.
In seinen Gedanken erschien der Bevollmächtigte wieder.
Yetkili temsilci aklına tekrar geldi.
Und dieses Mal kam auch der Chef in die Wohnung.
Bu sefer patron da daireye geldi.
Und die Angestellten und die Lehrlinge waren auch da.
Katipler ve çıraklar da oradaydı.
Sogar der etwas begriffsstutzige Büroangestellte kam, um ihn zu sehen.
Hatta zekâ geriliği olan ofis çalışanı bile onu görmeye geldi.
Es waren zwei oder drei Freunde aus anderen Branchen dabei.
Diğer işletmelerden iki veya üç arkadaş daha vardı.
Eine der Zimmermädchen aus einem Hotel in der Provinz.
Taşradaki bir otelde çalışan oda hizmetçilerinden biri.
Eine kostbare und flüchtige Erinnerung, an der er festzuhalten versuchte.
Tutunmaya çalıştığı, kıymetli ama geçici bir anıydı bu.
Eine Kassiererin aus einem Hutgeschäft, für die er Absichten hatte.
Şapka dükkanında çalışan ve kendisine ilgi duyduğu bir kasiyer.
Doch er war etwas zu langsam gewesen, um ihre Zustimmung zu gewinnen.
Ama onun onayını kazanmakta biraz fazla yavaş kalmıştı.
Sie alle tauchten in seinen Gedanken auf, vermischt mit Fremden.
Hepsi zihninde belirdi, yabancılarla karışmışlardı.
Und andere erschienen nicht; sie waren bereits vergessen.

Diğerleri ise ortaya çıkmadı; çoktan unutulmuşlardı.
Aber sie halfen weder ihm noch seiner Familie.
Ama ne ona ne de ailesine yardım etmediler.
Sie waren unzugänglich, und er war froh, als sie weg waren.
Onlara ulaşmak imkansızdı ve gittiklerinde çok sevinmişti.
Er war nicht immer in der Stimmung, sich Sorgen um die Familie zu machen.
Ailesiyle ilgili endişelenmek için her zaman istekli değildi.
Und er war voller Wut über die mangelnde Aufmerksamkeit.
Ve kendisine yeterince ilgi gösterilmemesinden dolayı öfkeyle dolmuştu.
Und er konnte sich nichts vorstellen, worauf er Appetit hätte.
Ve iştah duyabileceği hiçbir şeyi hayal edemiyordu.
Doch er schmiedete trotzdem Pläne, in die Speisekammer einzubrechen.
Ama yine de kilerde hırsızlık yapma planları yapmaya devam etti.
Und er würde sich alles nehmen, was ihm zustand.
Ve hak ettiği her şeyi alacaktı.
Die Schwester bemühte sich nicht mehr besonders um ihn.
Kız kardeşi artık onun için özel bir çaba göstermiyordu.
Sie verschwendete keine Zeit mehr damit, darüber nachzudenken, wie sie ihm gefallen könnte.
Artık onun hoşuna gitmeyi düşünerek vakit geçirmiyordu.
Vor der Arbeit schob sie schnell etwas zu essen ins Zimmer.
İşe başlamadan önce odaya hızlıca biraz yemek getirdi.
Und am Abend kehrte sie die Essensreste schnell wieder zusammen.
Akşamleyin de yemek artıklarını hızla tekrar topladı.
Ob er gegessen hatte oder nicht, bemerkte sie nicht mehr.
Yemek yiyip yemediğini artık fark etmiyordu.
In den meisten Fällen blieb das Essen nun unberührt.
Artık çoğu zaman yiyeceklere dokunulmuyordu.
Abends huschte sie immer noch schnell durch den Raum.
Akşamları bile odanın içinde hızla dolaşırdı.

Doch nun tat sie nur das Nötigste, und zwar so schnell wie möglich.
Ama şimdi olabildiğince hızlı bir şekilde, asgari düzeyde iş yapıyordu.
An den Mauern zogen sich Spuren von Schmutz entlang.
Duvarlarda kir izleri kalmıştı.
Auf dem Boden lagen Staub- und Müllklumpen.
Yerde toz ve çöp yığınları kalmıştı.
Gregor missbilligte ihre Nachlässigkeit.
Gregor, kadının ilgisizliğinden duyduğu hoşnutsuzluğu belli etti.
Er drehte sich in einem besonders markanten Winkel.
Kendini özellikle dikkat çekici bir açıyla çevirdi.
Aber er hätte wochenlang in dieser Position bleiben können.
Ama o, haftalarca bu pozisyonda kalabilirdi.
Seine Schwester hätte seine Unzufriedenheit nicht bemerkt.
Kız kardeşi onun memnuniyetsizliğini fark etmezdi.
Sie sah den Dreck genauso gut wie er, wenn nicht sogar besser.
O da en az onun kadar, hatta belki daha iyi, kiri görebiliyordu.
Aber sie hatte beschlossen, den Dreck dort zu lassen, wo er war.
Ama o, toprağı olduğu yerde bırakmaya karar vermişti.
Damals entwickelte sie eine völlig neue Sensibilität.
O dönemde tamamen yeni bir duyarlılık geliştirdi.
Sie hatte es sich zur Aufgabe gemacht, Gregors Zimmer zu reinigen.
Gregor'un odasını temizlemeyi kendi sorumluluğu haline getirmişti.
Die Familie war von ihrer freundlichen Rücksichtnahme sehr berührt.
Ailesi onun nazik ve düşünceli davranışından çok etkilendi.
Einst hatte die Mutter sein Zimmer gründlich gereinigt.
Bir keresinde annesi oğlunun odasını iyice temizlemişti.
Erst nachdem sie mehrere Eimer Wasser verbraucht hatte, gelang es ihr.
Ancak birkaç kova su kullandıktan sonra başarılı oldu.

Die neu aufgetretene Feuchtigkeit im Zimmer schadete Gregor jedoch.

Ancak odadaki yeni nem Gregor'a zarar verdi.

Und er lag breitbeinig, verbittert und regungslos auf dem Sofa.

Ve kanepede geniş, acı dolu ve hareketsiz bir şekilde yatıyordu.

Doch das war nur ihre erste Strafe für ihre Hilfeleistung.

Ama bu, yardım ettiği için aldığı ilk cezaydı.

Die Schwester bemerkte schnell die Veränderung in Gregors Zimmer.

Rahibe, Gregor'un odasındaki değişikliği hemen fark etti.

Und sie rannte, zutiefst beleidigt, ins Wohnzimmer.

Ve çok kırılmış bir şekilde oturma odasına koştu.

Ihre Mutter hob die Hände und versuchte, sie zu beschwören.

Annesi ellerini kaldırdı ve ona yalvarmaya çalıştı.

Doch trotz einer aufrichtigen Erklärung brach sie in Tränen aus.

Ancak samimi açıklamasına rağmen gözyaşlarına boğuldu.

Der Vater erschrak natürlich und fuhr aus seinem Stuhl hoch.

Baba elbette yerinden fırladı.

Und die beiden Eltern schauten fassungslos und hilflos zu.

Ve iki ebeveyn de şaşkınlık ve çaresizlik içinde olanları izledi.

Und schließlich gerieten auch ihre Gefühle in Aufruhr.

Ve sonunda onların duyguları da kabardı.

Der Vater warf der Mutter vor, was sie getan hatte.

Baba, annesini yaptığı şeyden dolayı azarladı.

"Du hättest das Zimmer Grete zum Putzen überlassen sollen."

"Odayı Grete'nin temizlemesi için bırakmalıydın."

Grete schrie die Mutter an, weil sie sein Zimmer aufgeräumt hatte.

Grete, annesine odasını temizlediği için bağırdı.

„Du darfst sein Zimmer nie wieder putzen!"

"Onun odasını bir daha asla temizlemene izin verilmeyecek!"

Die Mutter versuchte, den Vater ins Schlafzimmer zu zerren.
Anne, babayı yatak odasına sürüklemeye çalıştı.
Die Schwester blieb zitternd und schluchzend im Zimmer zurück.
Kız kardeş odada titreyerek ve hıçkıra hıçkıra ağlayarak yalnız bırakıldı.
Und sie hämmerte mit ihren kleinen Fäustchen auf den Tisch.
Ve küçük yumruklarıyla masaya vurdu.
Und Gregor zischte sie alle lautstark vor Wut an.
Gregor ise hepsine öfkeyle yüksek sesle tısladı.
Warum war niemand auf die Idee gekommen, ihm die Tür zu schließen?
Neden kimse onun için kapıyı kapatmayı düşünmemişti?
Sie hätten ihm diesen Anblick und Lärm ersparen können.
Onu bu manzaradan ve gürültüden kurtarabilirlerdi.
Die Schwester war erschöpft, als sie von der Arbeit nach Hause kam.
Kız kardeş işten eve döndükten sonra çok yorgundu.
Und die Betreuung von Gregor bedeutete für sie noch mehr Arbeit.
Gregor'a bakmak ise onun için daha da fazla iş anlamına geliyordu.
Das bedeutete aber nicht, dass die Mutter es hätte tun sollen.
Ama bu, annenin bunu yapması gerektiği anlamına gelmiyordu.
Gregor hingegen sollte nicht vernachlässigt werden.
Öte yandan Gregor da ihmal edilmemeli.
Aber jetzt hatten sie ein neues Dienstmädchen, das solche Dinge tun konnte.
Ama artık bu tür işleri yapabilecek yeni bir hizmetçileri vardı.
Eine ältere Witwe mit kräftigem Knochenbau.
Kemik yapısı sağlam olan yaşlı bir dul kadın.
Eine Statur, die ihr half, ihr schwieriges Leben zu überstehen.
Bu fiziksel yapı, zorlu hayatını atlatmasına yardımcı oldu.

Sie hatte keine wirkliche Abneigung gegen Gregors Erscheinung.

Gregor'un görünüşüne karşı gerçek bir antipatisi yoktu.

Sie hatte versehentlich die Tür zu Gregors Zimmer geöffnet.

Gregor'un odasının kapısını yanlışlıkla açmıştı.

Es geschah nicht aus besonderer Neugierde bezüglich des Zimmers.

Odaya dair özel bir merakım yoktu.

Sie tat lediglich ihre Arbeit und öffnete dabei zufällig die Tür.

O sadece işini yapıyordu ve tesadüfen kapıyı açtı.

Gregor war natürlich völlig überrascht von ihr.

Gregor, elbette, onun bu davranışına tamamen şaşırdı.

Er wurde nicht verfolgt, aber er rannte hin und her.

Kovalanmıyordu ama ileri geri koşuyordu.

Und sie verschränkte einfach die Arme und sah ihm beim Krabbeln zu.

O da kollarını kavuşturup onun emeklemesini izledi.

Seitdem hat sie ihm immer einen Spaltbreit die Tür geöffnet.

O zamandan beri, her zaman ona kapıyı biraz araladı.

Eines Morgens schaute sie nach ihm, um zu sehen, wie es ihm ging.

Sabahları bir kez onun nasıl olduğunu görmek için içeri baktı.

Und am Abend sah sie nach ihm, bevor sie ging.

Akşamları da ayrılmadan önce onu kontrol etti.

Zuerst versuchte sie auch, ihn zu sich zu rufen.

İlk başta o da onu yanına gelmesi için çağırmaya çalıştı.

„Komm her, du alter Mistkäfer!", pflegte sie zu sagen.

"Buraya gel, yaşlı bok böceği!" derdi eskiden.

Oder sie sagte freundlich: „Schau dir den alten Mistkäfer an!"

Ya da "Şu yaşlı gübre böceğine bakın!" dedi, dostça bir şekilde.

Gregor reagierte nie darauf, wenn man so mit ihm sprach.

Gregor, kendisine bu şekilde hitap edilmesine asla karşılık vermedi.

Er blieb stehen, ohne sich zu rühren, und ignorierte sie.

Orada öylece kaldı, hiç kıpırdamadı ve onu görmezden geldi.
„Wenn man ihr doch nur gesagt hätte, wie man ihre Arbeit richtig macht."
"Keşke ona işini nasıl doğru yapacağı anlatılmış olsaydı."
„Anstatt mich zu belästigen, sollte sie lieber mein Zimmer aufräumen."
"Beni rahatsız etmek yerine odamı temizlemeliydi."
Eines Morgens prasselte ein heftiger Regenguss gegen die Fenster.
Bir sabahın erken saatlerinde şiddetli bir yağmur pencerelere vurdu.
Vielleicht war der Regen bereits ein Zeichen für den kommenden Frühling.
Belki de yağmur, yaklaşan baharın bir işaretiydi.
Das Dienstmädchen begann wieder auf diese Weise mit ihm zu sprechen.
Hizmetçi kadın ona tekrar aynı şekilde konuşmaya başladı.
Gregor war so verbittert, dass er sich umdrehte und ihr ins Gesicht sah.
Gregor o kadar öfkelenmişti ki, ona doğru döndü.
Er war langsam und gebrechlich, aber es war eine Art Angriff.
Yavaş ve güçsüzdü, ama bir tür krizdi.
Das Dienstmädchen hingegen hatte überhaupt keine Angst vor Gregor.
Hizmetçi kız ise Gregor'dan hiç korkmuyordu.
Stattdessen hob sie einen Stuhl hoch, der in der Nähe der Tür stand.
Bunun yerine, kapının yanındaki bir sandalyeyi kaldırdı.
Und sie stand da, ganz ruhig, mit weit geöffnetem Mund.
Ve o, orada, ağzı sonuna kadar açık, sakin bir şekilde durdu.
Ihre Absichten waren klar, das konnte sogar Gregor erkennen.
Niyetleri apaçık ortadaydı, bunu Gregor bile görebiliyordu.
Und er drehte sich langsam um und kehrte zu seinem ursprünglichen Platz zurück.
Ve yavaşça, ilk konumuna geri döndü.

"Sie wollen also nicht näher kommen, oder?"
"Yani daha fazla yaklaşmak istemiyorsunuz, öyle mi?"
Und sie stellte den Stuhl leise wieder in die Ecke.
Ve sessizce sandalyeyi köşeye geri koydu.

Gregor aß kaum noch etwas.
Gregor artık neredeyse hiçbir şey yemiyordu.
Manchmal blieb er bei seinen Rundgängen im Zimmer
stehen.
Bazen odanın içinde dolaşırken dururdu.
Und er befand sich neben dem für ihn zubereiteten Essen.
Ve kendini kendisi için hazırlanmış yemeğin yanında buldu.
Er steckte sich das Essen in den Mund, aber nur, um damit
zu spielen.
Yiyeceği ağzına attı, ama sadece onunla oynamak için.
Und nicht selten spuckte er es nach ein paar Stunden wieder
aus.
Ve çoğu zaman birkaç saat sonra onu tekrar tükürürdü.
Er versuchte, einen Grund für seinen Appetitverlust zu
finden.
İştahsızlığının nedenini bulmaya çalıştı.
Vielleicht, weil er mit dem Zustand seines Zimmers
unzufrieden war.
Belki de odasının halinden dolayı üzgündü.
Aber er hatte sich mit den Veränderungen im Raum
abgefunden.
Ama odadaki değişikliklere alışmıştı.
In letzter Zeit hatte sich sein Zimmer in eine Art
Abstellraum verwandelt.
Son zamanlarda odası bir nevi depoya dönüşmüştü.
Sie hatten sich angewöhnt, Dinge dort liegen zu lassen.
Eşyalarını orada bırakma alışkanlığı edinmişlerdi.
Und nun lagen noch viele solcher Dinge in seinem Zimmer.
Odasında artık bu türden birçok şey kalmıştı.
Weil ein Zimmer der Wohnung vermietet worden war.
Çünkü dairenin bir odası kiraya verilmişti.
Drei ernsthafte Herren mieteten das Zimmer gemeinsam.

Üç ciddi beyefendi odayı birlikte kiralamıştı.

Gregor hat sie einmal durch einen Türspalt erblickt.

Gregor bir keresinde onları kapı aralığından fark etmişti.

Sie trugen Vollbärte und waren penibel gekleidet.

Sakalları gürdü ve özenle giyinmişlerdi.

Sie achteten penibel darauf, dass alles ordentlich blieb.

Her şeyi düzenli tutma konusunda çok titizdiler.

Ihr Hang zur Ordnung beschränkte sich nicht nur auf ihr Zimmer.

Temizlik konusundaki ısrarları sadece odalarıyla sınırlı kalmadı.

Die gesamte Wohnung musste tadellos sauber gehalten werden.

Dairenin tamamının kusursuz bir şekilde temiz tutulması gerekiyordu.

Sie legten sogar noch mehr Wert auf das Aussehen der Küche.

Mutfak görünümüne de çok daha fazla önem veriyorlardı.

Und unnötigen Unrat konnten sie nicht dulden.

Ve gereksiz dağınıklığa tahammül edemiyorlardı.

Sie hatten auch ihre eigenen Möbel mitgebracht.

Yanlarında kendi mobilyalarını da getirmişlerdi.

Aus diesem Grund waren viele Dinge überflüssig geworden.

Bu nedenle birçok şey gereksiz hale gelmişti.

Das waren Dinge, für die niemand Geld bezahlen würde.

Bunlar, kimsenin para ödemeyeceği şeylerdi.

Die Familie wollte diese Dinge aber auch nicht wegwerfen.

Ancak aile bu eşyaları atmak da istemiyordu.

All diese Dinge landeten irgendwo in Gregors Zimmer.

Bütün bu eşyalar bir şekilde Gregor'un odasına gitti.

Der Aschenbecher aus der Küche stand nun in seinem Zimmer.

Mutfaktaki küllük artık onun odasında duruyordu.

Und der Müll würde bis zum Abholtag in seinem Zimmer aufbewahrt.

Çöp, çöp toplama gününe kadar onun odasında saklanıyordu.

Das Dienstmädchen warf alles, was sie nicht brauchte, in
sein Zimmer.
Hizmetçi, ihtiyacı olmayan her şeyi onun odasına attı.
Zum Glück sah er nichts weiter als die Hand und den
Gegenstand.
Neyse ki, adam elden ve eşyadan başka bir şey görmedi.
Sie hatte wahrscheinlich vor, die Sachen später abzuholen.
Muhtemelen eşyaları daha sonra almak için geri dönmeyi
planlıyordu.
Oder vielleicht wollte sie einfach alles auf einmal
wegwerfen.
Ya da belki de her şeyi bir anda atmak istedi.
Doch alles blieb dort, wo es ursprünglich gelandet war.
Ancak her şey ilk düştüğü yerde kaldı.
Es sei denn, Gregor bewegte den Schrott, indem er sich
hindurchzwängte.
Gregor, çöplerin arasından sürünerek geçmediği sürece...
Zuerst musste er sich durch den ganzen Schrott
hindurchkriechen.
İlk başta tüm bu hurda yığınlarının arasından sürünerek
geçmek zorunda kaldı.
Es gab für ihn keine Möglichkeit, dies zu vermeiden.
Bunu yapmaktan kaçınmasının hiçbir yolu yoktu.
Später fand er jedoch tatsächlich Freude an dieser Tätigkeit.
Ama sonradan bu aktiviteden gerçekten zevk almaya başladı.
Diese Anstrengung hinterließ ihn jedoch traurig und
zutiefst erschöpft.
Bu çaba onu üzgün ve çok yorgun bırakmış olsa da.
Und danach war er viele Stunden lang bewegungsunfähig.
Ve sonrasında saatlerce hareket edemedi.
Die Untermieter aßen manchmal im Wohnzimmer.
Konuklar bazen yemeklerini oturma odasında yiyorlardı.
Die Wohnzimmertür blieb an diesen Abenden geschlossen.
O akşamlar oturma odasının kapısı kapalı kalırdı.
Gregor hatte aber keine Schwierigkeiten, die Tür jetzt nicht
zu öffnen.

Ama Gregor'un artık kapıyı açmamakta hiçbir sakıncası yoktu.

Selbst wenn die Tür offen war, schaute er nicht immer hinaus.

Kapı açık olsa bile her zaman dışarı bakmazdı.

Doch er legte sich in die dunkelste Ecke des Zimmers.

Ama o odanın en karanlık köşesine uzandı.

Auch der Familie fiel seine mangelnde Aufmerksamkeit nicht auf.

Aile de onun ilgisizliğini fark etmedi.

Doch einmal ließ das Dienstmädchen die Tür offen.

Ama bir keresinde hizmetçi kapıyı açık bırakmıştı.

Die Tür blieb auch dann offen, als die Mieter zurückkehrten.

Konuklar geri döndüklerinde bile kapı açık kaldı.

Und die Tür war offen, als das Licht eingeschaltet wurde.

Işık açıldığında kapı açıktı.

Der Mann saß an dem Tisch, an dem die Familie zu Abend aß.

Adam, ailenin yemek yediği masaya oturdu.

Vater, Mutter und Gregor saßen dort in früheren Zeiten.

Eskiden baba, anne ve Gregor orada otururlardı.

Sie entfalteten die Servietten und nahmen Messer und Gabeln.

Peçeteleri açtılar ve bıçakla çatalları aldılar.

Die Mutter erschien mit einer Schüssel Fleisch in der Tür.

Anne elinde bir kase etle kapıda belirdi.

Dann kam die Schwester mit einer Schüssel voller Kartoffeln herein.

Sonra kız kardeş elinde patates dolu bir kaseyle içeri girdi.

Die Untermieter beugten sich über die vor ihnen aufgestellten Schüsseln.

Konuklar önlerine konulan kaselere doğru eğildiler.

Der dichte Rauch des Essens stieg ihnen bis in die Nasen.

Yemeklerden yükselen yoğun duman burunlarına kadar ulaşıyordu.

Aber sie hatten noch nicht entschieden, ob sie das Essen essen würden.

Ama yemeği yiyip yemeyeceklerine henüz karar vermemişlerdi.

Vielleicht würden sie das Essen zurück in die Küche schicken.

Belki de yemeği mutfağa geri göndereceklerdir.

Der Mann in der Mitte schien die Autoritätsperson zu sein.

Ortada oturan adam otorite sahibi gibi görünüyordu.

Er schnitt das Fleisch an, um festzustellen, ob es zart genug war.

Etin yeterince yumuşak olup olmadığını anlamak için kesti.

Er war zufrieden mit dem Geruch und Aussehen des Essens.

Yemeğin kokusu ve görünümünden memnun kaldı.

Die Mutter und die Schwester hatten sie ängstlich beobachtet.

Anne ve kız kardeş onları endişeyle izliyorlardı.

Und sie begannen zu lächeln, begleitet von einem Seufzer der aufgestauten Erleichterung.

Ve içlerinde biriken rahatlama duygusuyla derin bir nefes alıp gülümsemeye başladılar.

Die Familie selbst wollte in der Küche essen.

Ailenin kendisi mutfakta yemek yiyecekti.

Doch zuerst ging der Vater nach den Untermietern sehen.

Ama önce baba, ev sakinlerini kontrol etmeye gitti.

Er verbeugte sich einmal und hielt dabei seine Arbeitsmütze in der Hand.

İş şapkasını elinde tutarak bir kez eğildi.

Und er ging einmal im Kreis um den Tisch herum, zu jedem Gast.

Ve masanın etrafında tek tek dolaşarak her konuğun yanına gitti.

Die Untermieter standen alle auf und murmelten in ihre Bärte.

Pansiyonda kalanların hepsi ayağa kalktı ve sakallarının arasından mırıldanmaya başladı.

Nachdem er gegangen war, aßen sie in fast völliger Stille.

O gittikten sonra neredeyse tamamen sessizlik içinde yemek yediler.

Gregor fand es seltsam, dass er Kaugeräusche hörte.

Gregor çiğneme sesleri duyabiliyor olmasına garip geldi.

Kein anderer Aspekt des Essens schien Geräusche zu verursachen.

Yemeğin diğer hiçbir yönü ses çıkarmıyordu.

Aber er konnte deutlich hören, wie Zähne aufeinander knirschten.

Ama dişlerin birbirine sürtündüğünü çok net duyabiliyordu.

Sie schienen ihm sagen zu wollen, dass er Zähne zum Essen brauche.

Ona yemek yiyebilmesi için dişlere ihtiyacı olduğunu söylüyor gibiydiler.

"Ohne Zähne im Kiefer kann man gar nichts machen."

"Çeleriniz dişsizse hiçbir şey yapamazsınız."

„Ich möchte etwas essen", sagte Gregor ängstlich.

"Bir şeyler yemek istiyorum," dedi Gregor endişeyle.

„Aber ich habe keinen Appetit auf das, was ihr alle esst."

"Ama sizin yediklerinize hiç iştahım yok."

„Seht euch an, wie diese Mieter essen, und ich verhungere hier."

"Şu pansiyon sakinlerinin nasıl da yemek yediğine bakın, ben ise açlıktan ölüyorum."

Gregor dachte an diesem Abend zufällig an die Geige.

Gregor o akşam tesadüfen kemanı düşündü.

Er hatte die Geige seit der Verwandlung nicht mehr gehört.

Dönüşümden beri keman sesini duymamıştı.

Doch dann, an diesem Abend, ertönte ein Geräusch aus der Küche.

Ama bu akşam mutfaktan bir ses geldi.

Die Herren hatten ihr Abendessen bereits beendet.

Beyefendiler akşam yemeklerini çoktan bitirmişlerdi.

Der mittlere Herr hatte begonnen, eine Zeitung zu lesen.

Ortadaki beyefendi gazete okumaya başlamıştı.

Den beiden anderen Herren hatte er jeweils ein Blatt gegeben.

Diğer iki beyefendiye de birer kağıt vermişti.

Und nun lehnten sie sich zurück, lasen und rauchten.

Şimdi ise arkalarına yaslanmış, kitap okuyor ve sigara içiyorlardı.

Als die Geige zu spielen begann, wurden sie aufmerksam.

Keman çalmaya başlayınca dikkat kesildiler.

Sie standen auf und gingen auf Zehenspitzen zur Tür des Vorzimmers.

Ayağa kalktılar ve parmak uçlarında yürüyerek antre kapısına kadar geldiler.

Hier standen sie eng beieinander und lauschten an der Tür.

Kapının önünde birbirlerine sokulmuş, dinliyorlardı.

Die Familie muss die Männer aus der Küche gehört haben.

Aile, mutfaktan gelen sesleri duymuş olmalı.

Denn der Vater rief sie und fragte sie:

Çünkü baba onlara seslenip sordu;

"Ist die Geige für die Herren vielleicht unbequem?"

"Acaba keman beyler için rahatsız edici olabilir mi?"

„Wenn Ihnen die Musik nicht gefällt, können wir sofort aufhören."

"Müziği beğenmezseniz hemen durdurabiliriz."

„Im Gegenteil", sagte der mittlere der beiden Herren.

Beyefendilerden ortadaki, "Tam tersine," dedi.

Möchte die junge Dame in unserem Zimmer Geige spielen?

"Genç hanım odamızda keman çalmak ister mi?"

„Hier ist es definitiv viel komfortabler und gemütlicher."

"Burada kesinlikle çok daha rahat ve konforlu."

Der Vater antwortete, als wäre er selbst der Geiger.

Baba, sanki kemancı kendisiymiş gibi cevap verdi.

"Oh bitte, das wäre wunderbar", rief der Vater.

"Ah lütfen, bu harika olurdu," diye haykırdı baba.

Die Herren kehrten ins Wohnzimmer zurück und warteten.

Beyefendiler oturma odasına geri döndüler ve beklediler.

Bald darauf kam der Vater mit dem Notenständer ins Zimmer.

Kısa süre sonra baba, müzik sehpasıyla birlikte odaya girdi.

Die Mutter kam mit dem Notenbuch ins Zimmer.

Anne elinde müzik kitabıyla odaya girdi.
Und die Schwester kam mit der Geige ins Zimmer.
Ve kız kardeş kemanıyla odaya girdi.
Sie bereitete in aller Ruhe alles vor, um Geige zu spielen.
O, keman çalmak için her şeyi sakince hazırladı.
Die Eltern übertrieben ihre Höflichkeit und ihr Benehmen.
Anne ve baba, nezaket ve görgü kurallarını abartmışlardı.
Sie hatten zuvor noch nie Zimmer an Untermieter vermietet.
Daha önce hiç odalarını kiraya vermemişlerdi.
**Und sie trauten sich nicht einmal, auf ihren eigenen Stühlen
zu sitzen.**
Kendi sandalyelerine oturmaya bile cesaret edemediler.
Statt sich hinzusetzen, lehnte sich der Vater gegen die Tür.
Baba oturmak yerine kapıya yaslandı.
**Seine rechte Hand befand sich zwischen zwei Knöpfen
seines Mantels.**
Sağ eli ceketinin iki düğmesi arasındaydı.
**Der Mutter wurde jedoch von einem Herrn ein Stuhl
angeboten.**
Ancak beyefendi anneye bir sandalye teklif etti.
**Aber sie setzte sich an die Stelle, wo der Herr den Stuhl
hingestellt hatte.**
Ama o, beyefendinin sandalyeyi koyduğu yere oturdu.
**Und er hatte den Stuhl nicht an einem bestimmten Ort
aufgestellt.**
Ve sandalyeyi belirli bir yere koymamıştı.
So saß die Mutter abseits von allen anderen in einer Ecke.
Anne de herkesten ayrı, bir köşeye oturdu.
Und schließlich begann die Schwester Geige zu spielen.
Ve sonunda kız kardeş keman çalmaya başladı.
**Die Eltern auf den gegenüberliegenden Seiten beobachteten
das Geschehen aufmerksam.**
Ebeveynler, karşılıklı taraflarda, dikkatle olayı izlediler.
Und sie beobachteten jede Bewegung ihrer Hand genau.
Ve onun elinin her hareketini dikkatle izlediler.
Gregor war auch vom Geigenspiel fasziniert.
Gregor keman çalmaktan da etkilenmişti.

**Und er wagte sich ein Stück weiter aus seinem Zimmer
hinaus.**

Ve odasından biraz daha dışarı çıktı.

Er hatte den Kopf schon im Wohnzimmer.

Kafasını çoktan oturma odasının içine sokmuştu.

**Er war stets sehr stolz darauf, besonders rücksichtsvoll zu
sein.**

O, son derece düşünceli olmakla gurur duyardı.

**Doch in letzter Zeit hinterfragte er seine Nachlässigkeit
kaum noch.**

Ancak son zamanlarda kendi ilgisizliğini neredeyse hiç
sorgulamadı.

**Auch wenn er jetzt mehr Grund hatte, sich zu verstecken als
zuvor.**

Eskisinden daha çok saklanma sebebi olmasına rağmen, artık
saklanmak için daha fazla nedeni vardı.

**Weil sein Zimmer mit Staub und allerlei Schmutz bedeckt
war.**

Çünkü odası toz ve çeşitli kirlerle kaplıydı.

Die geringste Bewegung wirbelte allerlei Schmutz auf.

En ufak bir hareket bile her türlü pisliği havaya savuruyordu.

Der ganze Dreck klebte an ihm: Staub, Haare, Essensreste.

Bütün bu kir ona yapışmıştı; toz, saç, yemek artıkları.

Er hätte den Schmutz am Teppich abreiben können.

Halının üzerindeki kiri silebilirdi.

Das tat er mehrmals täglich.

Bunu eskiden günde birkaç kez yapardı.

**Doch seine Gleichgültigkeit gegenüber allem war viel zu
groß.**

Ama her şeye karşı kayıtsızlığı çok fazlaydı.

**Deshalb hatte er keine Angst, noch ein Stück
weiterzugehen.**

Bu yüzden biraz daha ileriye gitmekten korkmadı.

Und er betrat den makellosen Wohnzimmerboden.

Ve oturma odasının tertemiz zeminine çıktı.

Doch niemand bemerkte ihn oder schenkte ihm Beachtung.

Ancak kimse onu fark etmedi veya ona hiç dikkat etmedi.

Die Familie war völlig in das Konzert vertieft.
Aile tamamen konsere odaklanmıştı.
Die Herren hingegen zogen sich zunächst zurück.
Beyefendiler ise başlangıçta geri çekildiler.
Und sie standen dicht hinter dem Notenständer der Schwester.
Ve kız kardeşin müzik sehpasına çok yakın durdular.
Wenn sie hingesehen hätten, hätten sie die Noten sehen können.
Bakmış olsalardı müzik notalarını görebilirlerdi.
Dies hätte die Schwester natürlich beunruhigt.
Bu durum elbette kız kardeşi rahatsız etmiş olmalıydı.
Dann blieben sie am Fenster stehen, anstatt sich hinzusetzen.
Sonra oturmak yerine pencerenin yanında ayakta durdular.
Mit den Händen in den Taschen redeten sie weiter.
Elleri ceplerinde konuşmaya devam ettiler.
Sie blieben dort, während der Vater ängstlich zusah.
Babaları endişeyle izlerken onlar orada kaldılar.
Man hatte den Eindruck, dass sie andere Erwartungen hatten.
İnsanın aklına, onların başka beklentileri olduğu izlenimi geliyordu.
Und es schien wirklich so, als wären sie enttäuscht gewesen.
Ve gerçekten de hayal kırıklığına uğramış gibi görünüyorlardı.
Es schien, als hätten sie genug von der Vorstellung.
Görünüşe göre gösteriden yeterince sıkılmışlardı.
Sie hatten zugelassen, dass die Geige ihren Frieden störte.
Kemanın huzurlarını bozmasına izin vermişlerdi.
Und sie tolerierten die Musik nur aus Höflichkeit.
Ve müziğe sadece nezaket gereği katlandılar.
Besonders beunruhigend war, wie sie den Rauch wegbliesen.
Dumanı dağıtma şekilleri özellikle ürkütücüydü.
Und dennoch spielte sie so wunderschön Geige.
Oysa kemanı o kadar güzel çalıyordu ki.

Ihr Gesicht war leicht zur Seite geneigt, auf der Geige.
Yüzü, kemanın üzerinde hafifçe yana doğru eğikti.
Ihr Blick wanderte traurig die Notenlinien entlang.
Gözleri hüzünlü bir şekilde müzik melodilerini arıyordu.
Gregor fühlte sich ein wenig mehr ins Wohnzimmer hineingezogen.
Gregor kendini oturma odasına biraz daha çekilmiş hissetti.
Er hielt den Kopf dicht am Boden, blickte aber nach oben.
Başını yere yakın tuttu ama yukarıya doğru baktı.
Vielleicht würde sich so der Blick seiner Schwester mit seinem treffen.
Belki bu şekilde kız kardeşinin bakışları onun gözleriyle buluşabilir.
Kann man wirklich sagen, dass er nur ein Tier war?
Gerçekten de onun sadece bir hayvan olduğu söylenebilir mi?
War er etwa ein Tier, wenn ihn Musik so fesseln konnte?
Müziğin onu bu kadar büyüleyebilmesi, onun bir hayvan olduğu anlamına mı geliyordu?
Er hatte das Gefühl, ihm sei ein Weg zu unbekannter Nahrung gezeigt worden.
Ona bilinmeyen bir beslenme yolunun gösterildiğini hissetti.
Vielleicht war dies die Nahrung, die ihm fehlte.
Belki de eksikliğini hissettiği besin buydu.
Er war fest entschlossen, zu seiner Schwester zu gelangen.
Kız kardeşine ulaşmaya kararlıydı.
Er wollte an ihrem Rock zupfen, um ihre Aufmerksamkeit zu erregen.
Onun dikkatini çekmek için eteğini çekiştirmek istedi.
Er wollte ihr eine Art Einladung signalisieren.
Ona bir davetin işaretini vermek istedi.
„Komm und spiel Geige in meinem Zimmer", wollte er sagen.
"Gel, odamda keman çal," demek istedi.
Er wollte, dass sie für ihre wunderschöne Musik belohnt wird.
Güzel müziği için onun ödüllendirilmesini istiyordu.
"Niemand hier belohnt dich dafür, dass du Geige spielst."

"Burada kimse seni keman çaldığın için ödüllendirmiyor."
Er wollte sie nicht mehr aus seinem Zimmer lassen.
Artık onu odasından çıkarmak istemiyordu.
Er wollte, dass sie so lange bei ihm blieb, wie er lebte.
Ömrü boyunca onunla birlikte kalmasını istiyordu.
Zum ersten Mal hatte seine Verwandlung einen Vorteil.
Bu dönüşümün ilk kez bir faydası oldu.
Seine Missbildung würde ihm nun endlich noch von Nutzen sein.
Sonunda, sahip olduğu fiziksel kusur onun işine yarayacaktı.
Er wollte gleichzeitig an allen vier Türen sein.
Dört kapının hepsinde aynı anda olmak istiyordu.
Er wollte sie von allen Seiten anfauchen und anspucken.
Onlara her açıdan tıslamak ve tükürmek istiyordu.
Seine Schwester sollte nicht gezwungen werden, bei ihm zu bleiben.
Kız kardeşi onunla kalmaya zorlanmamalı.
Er wollte, dass sie sich freiwillig dafür entschied, bei ihm zu bleiben.
Onun kendi isteğiyle kendisiyle kalmayı seçmesini istiyordu.
Sie wollte sich neben ihn setzen und sich zu ihm hinunterbeugen.
Yanına oturup ona doğru eğilecekti.
Und er wollte ihr von der Musikschule erzählen.
Ve ona müzik okulundan bahsedecekti.
Er hatte die feste Absicht, sie auf die Akademie zu schicken.
Onu akademiye gönderme konusunda kesin bir niyeti vardı.
Das hätte er allen schon letztes Weihnachten erzählt.
Geçen Noel'de herkese bundan bahsetmiş olmalıydı.
War Weihnachten etwa schon wieder vorbei?
Noel gerçekten de gelip geçmiş miydi?
Und er hätte sich von niemandem davon abbringen lassen.
Ve kimsenin onu bu fikirden vazgeçirmesine izin vermezdi.
Doch dann setzte das Unglück allem ein Ende.
Ama sonra talihsiz kaza her şeyi durdurdu.
Die Schwester wäre von ihren Gefühlen überwältigt gewesen.

Kız kardeş muhtemelen duygularına yenik düşmüştü.
Und dann wäre Gregor bis auf ihre Schulter geklettert.
Ve sonra Gregor onun omzuna kadar tırmanırdı.
Und er hätte sie getröstet, indem er ihren Hals geküsst hätte.
Ve boynunu öperek onu teselli ederdi.
„Herr Samsa!", rief der Mann in der Mitte dem Vater zu.
Ortadaki adam babaya "Bay Samsa!" diye seslendi.
Er zeigte mit dem Zeigefinger nach unten auf Gregor.
İşaret parmağıyla Gregor'u aşağı doğru gösteriyordu.
Gregor bewegte sich langsam über den Wohnzimmerboden.
Gregor, oturma odasının zemininde yavaşça ilerliyordu.
Das Geigenspiel verstummte sehr schnell.
Keman sesi çok kısa sürede sustu.
Der mittlere der drei Männer lächelte seine Freunde an.
Üç adamdan ortadaki, arkadaşlarına gülümsedi.
Dann schüttelte er den Kopf und blickte zurück zu Gregor.
Sonra başını salladı ve Gregor'a baktı.
**Der Vater hätte Gregor zurück in sein Zimmer schicken
können.**
Baba, Gregor'u zorla odasına geri gönderebilirdi.
**Das war jedoch nicht die erste Maßnahme, zu der er sich
entschloss.**
Ama bu, aldığı ilk karar değildi.
Er hielt es für wichtiger, die Herren zu beruhigen.
Ona göre beyleri sakinleştirmek daha önemliydi.
**Obwohl sie von Gregor eigentlich überhaupt nicht verärgert
waren.**
Gregor'dan aslında hiç de rahatsız olmamışlardı.
Gregor schien unterhaltsamer als das Geigenspiel.
Gregor, keman çalmaktan daha eğlenceli görünüyordu.
Er eilte mit ausgestreckten Armen auf sie zu.
Kollarını açarak onlara doğru koştu.
Er gab sein Bestes, um ihren Blick auf Gregor zu verbergen.
Gregor hakkındaki görüşlerini örtbas etmek için elinden
gelenin en iyisini yapıyordu.
**Und er versuchte, sie zur Rückkehr in ihr Zimmer zu
bewegen.**

Ve onları odalarına geri dönmeye teşvik etmeye çalıştı.
Das hat sie eher ein wenig verärgert.
Hatta bu durum onları biraz sinirlendirdi.
Es war aber schwer zu sagen, was genau sie störte.
Ama onları tam olarak neyin rahatsız ettiğini söylemek zordu.
Der Vater verdarb die abendliche Unterhaltung.
Baba, gecenin eğlencesini bozuyordu.
Aber sie hatten auch gerade erst von ihrem neuen Mitbewohner erfahren.
Ama aynı zamanda yeni ev arkadaşlarını da yeni öğrenmişlerdi.
Sie hoben die Hände, genau wie der Vater es getan hatte.
Onlar da babalarının yaptığı gibi ellerini kaldırdılar.
Sie verlangten vom Vater eine sofortige Erklärung.
Babadan derhal açıklama istediler.
Sie zupften unruhig an ihren Bärten, um eine Antwort zu bekommen.
Bir cevap bulmak için huzursuzca sakallarını çekiştirdiler.
Und sie bewegten sich rückwärts in ihr Zimmer, aber sehr langsam.
Ve çok yavaş bir şekilde odalarına doğru geri geri gittiler.
Die Unterbrechung hatte die Schwester in eine Trance versetzt.
Bu kesinti kız kardeşi bir trans haline sokmuştu.
Sie ließ Geige und Bogen an ihrer Seite herabhängen.
Kemanı ve yayını yanına sarkıttı.
Und sie blickte auf die Notenblätter, als ob sie immer noch spielen würde.
Ve sanki hâlâ çalıyormuş gibi notalara baktı.
Doch dann zog sie sich plötzlich wieder ins Zimmer zurück.
Ama sonra aniden kendini odaya geri çekti.
Und sie hatte nun das Gefühl, verloren zu sein, überwunden.
Ve artık kaybolmuşluk duygusunun üstesinden gelmişti.
Sie legte das Musikinstrument auf den Schoß ihrer Mutter.
Müzik aletini annesinin kucağına koydu.
Die Mutter saß schwer atmend auf dem Stuhl.

Anne sandalyede oturmuş, nefes nefese kalmıştı.

Und dann musste die Schwester ins Nebenzimmer rennen.

Sonra kız kardeş hemen yan odaya koşmak zorunda kaldı.

Sie musste alles für die Herren vorbereiten.

Beyefendiler için her şeyi hazırlaması gerekiyordu.

Sie warf die Decken und Kissen in die Luft.

Battaniyeleri ve yastıkları havaya fırlattı.

Und mit ihren geschickten Händen richtete sie die gesamte Bettwäsche her.

Ve becerikli elleriyle tüm yatak takımlarını düzenledi.

Sie war schon fertig, bevor die Herren den Raum erreichten.

Beyler odaya ulaşmadan önce işini bitirmişti.

Und sie verschwand, bevor sie ihnen in die Quere kam.

Ve onların yoluna çıkmadan önce sessizce oradan uzaklaştı.

Der Vater schien von seiner eigenen Sturheit beherrscht zu sein.

Baba kendi inatçılığına yenik düşmüş gibiydi.

Und so vergaß er jeglichen Respekt, den er seinen Mietern schuldete.

Böylece kiracılarına karşı göstermesi gereken tüm saygıyı unuttu.

Er drängte und drängte, bis deren Sprecher Einspruch erhob.

Sözcülerinin itiraz etmesine kadar ısrar etti.

Als er die Tür erreichte, stampfte er wütend mit dem Fuß auf.

Kapıya vardığında öfkeyle ayağını yere vurdu.

Und damit brachte er den Vater zum Schweigen.

Böylece babayı çıkmaza soktu.

„Hiermit erkläre ich", begann er sich an seinen Vermieter zu wenden.

"Bu vesileyle beyan ederim," diyerek ev sahibine hitap etmeye başladı.

Und er hob die Hand und blickte die ganze Familie an.

Ve elini kaldırarak tüm aileye baktı.

„Hinsichtlich der widerlichen Zustände im Zimmer;"

"Odanın iğrenç koşullarına gelince;"

Und er sorgte dafür, dass alle seinen Worten zuhörten.

Ve herkesin sözlerini dinlediğinden emin oldu.

"Hiermit kündige ich meinen Auszug aus meinem Zimmer."

"Odamı boşaltacağımı bildiriyorum."

Und er unterstrich seine Aussage zusätzlich, indem er auf den Boden spuckte.

Ve yere tükürerek de mesajını daha da pekiştirdi.

„Auch die Tage, die ich hier gelebt habe, werde ich nicht bezahlen."

"Burada yaşadığım günlerin bedelini de ödemeyeceğim."

Mit dieser Rückerstattung war er allerdings nicht ganz zufrieden.

Ancak bu geri ödeme onu tam olarak memnun etmedi.

„Und ich werde erwägen, weitere Forderungen an Sie zu stellen."

"Ve size karşı başka taleplerde bulunmayı da düşüneceğim."

„Glauben Sie mir, solche Forderungen lassen sich sehr leicht rechtfertigen."

"İnanın bana, bu tür talepleri haklı çıkarmak çok kolay olacak."

Er schwieg und blickte den Vater direkt an.

Sessiz kaldı ve gözlerini doğrudan babasına dikti.

Er schien zu erwarten, dass noch etwas passieren würde.

Daha fazlasının olmasını bekliyor gibiydi.

Tatsächlich hatten seine beiden Freunde sofort die gleiche Idee.

Aslında, iki arkadaşı da hemen aynı fikre kapıldı.

„Wir stornieren auch unsere Zimmer", sagten sie unisono.

"Biz de oda rezervasyonlarımızı iptal ediyoruz." diye hep bir ağızdan söylediler.

Dann packte er den Türgriff und schloss die Tür.

Sonra kapı kolunu kavrayıp kapıyı kapattı.

Und mit einem lauten Knall schlossen sie sich in ihrem Zimmer ein.

Ve büyük bir gürültüyle kendilerini odalarına kilitlediler.

Der Vater taumelte mit tastenden Händen zu seinem Stuhl.

Baba sendeleyerek, elleriyle sandalyesine doğru ilerledi.

Und er ließ sich besiegt in den Stuhl fallen.

Ve yenilgiyi kabul ederek kendini sandalyeye bıraktı.

Es sah so aus, als ob er seinen üblichen Abendschlaf halten würde.

Her zamanki akşam uykusuna yatacakmış gibi görünüyordu.

Sein Kopf nickte jedoch fast so, als ob er nicht gestützt würde.

Ama başı neredeyse desteksizmiş gibi sallandı.

Und man konnte sehen, dass er überhaupt nicht schlief.

Ve hiç uyumadığı açıkça görülüyordu.

Während all dem hatte Gregor sich nicht von der Stelle gerührt.

Bütün bunlar olurken Gregor yerinden hiç kımıldamadı.

Er befand sich noch immer an der Stelle, wo die Herren ihn zuerst gesehen hatten.

Adam, beylerin onu ilk gördükleri yerde duruyordu hâlâ.

Selbst wenn er umziehen wollte, fand er es unmöglich.

Taşınmak istese bile, bunun imkansız olduğunu gördü.

Entweder aus Enttäuschung oder aus Hunger.

Hayal kırıklığından ya da açlığından dolayı.

Er war enttäuscht über das Scheitern seines Plans.

Planının başarısız olması onu hayal kırıklığına uğrattı.

Und er war geschwächt von dem anhaltenden Hunger, den er verspürte.

Uzun süren açlıktan dolayı da çok halsiz düşmüştü.

Er war sich sicher, dass sich jeden Moment alle gegen ihn wenden würden.

Herkesin her an kendisine sırt çevireceğinden emindi.

In Erwartung des unmittelbar bevorstehenden Zusammenbruchs wartete er.

Yaklaşan çöküş beklentisiyle bekledi.

Die Geige begann vom Schoß der Mutter zu rutschen.

Keman annenin kucağından kaymaya başladı.

Mit einem ohrenbetäubenden Geräusch fiel die Geige zu Boden.

Keman, yankılanan bir sesle yere düştü.

Doch selbst dieses plötzliche Krachen ließ ihn nicht erschrecken.

Ama bu ani çarpma sesi bile onu ürkütmedi.

„Liebe Eltern", sagte die Schwester, „so kann es nicht weitergehen."

"Sevgili anne ve babam," dedi kız kardeş, "bu böyle devam edemez."

Und um ihrer Aussage Nachdruck zu verleihen, schlug sie mit der Hand auf den Tisch.

Ve söylemek istediğini belirtmek için elini masaya sertçe vurdu.

"Ich werde den Namen meines Bruders vor diesem Monster nicht aussprechen."

"Bu canavarın önünde kardeşimin adını anmayacağım."

„Deshalb sage ich es so deutlich wie möglich:"

"Bu yüzden bunu olabildiğince açık bir şekilde söylüyorum:"

„Uns bleibt keine andere Wahl, als dieses Tier loszuwerden."

"Bu hayvandan kurtulmaktan başka çaremiz yok."

„Wir haben unser Bestes getan, um dieses Tier zu tolerieren und zu pflegen."

"Bu hayvana tahammül etmek ve ona bakmak için elimizden gelenin en iyisini yaptık."

„Ich glaube nicht, dass uns irgendjemand auch nur im Geringsten die Schuld geben kann."

"Bence kimse bizi en ufak bir şekilde suçlayamaz."

„Sie hat tausendfach Recht", stimmte der Vater zu.

"Bin kere haklı," diye onayladı baba.

Die Mutter hatte noch immer nicht wieder richtig Luft bekommen.

Anne hâlâ tam olarak nefesini geri kazanamamıştı.

Sie begann dumpf in ihre Hand zu husten und atmete schwer.

Elini ağzına götürerek boğuk bir şekilde öksürmeye başladı, nefes nefese kalmıştı.

Und in ihren Augen begann sich ein wahnsinniger Ausdruck abzuzeichnen.

Ve gözlerinde çılgınca bir ifade belirmeye başladı.

Die Schwester eilte zu ihrer Mutter und hielt sich die Stirn.

Kız kardeş annesine koştu ve alnını tuttu.

Der Vater schien von den Worten der Schwester inspiriert zu sein.

Baba, kız kardeşinin sözlerinden etkilenmiş gibi görünüyordu.

Und seine Gedanken schienen klarer als zuvor.

Ve düşünceleri eskisinden daha berrak görünüyordu.

Er hörte auf, mit dem Kopf zu nicken, und setzte sich wieder aufrecht hin.

Başını sallamayı bıraktı ve tekrar dik oturdu.

Und er spielte, in tiefes Nachdenken versunken, mit der Mütze seines Dieners.

Ve derin düşüncelere dalmış bir halde hizmetçisinin şapkasıyla oynuyordu.

Die Teller der Mieter standen noch auf dem Tisch.

Kiracıların tabakları hâlâ masanın üzerindeydi.

Und manchmal blickte er zu dem schweigenden Gregor hinüber.

Ve bazen sessiz Gregor'a doğru bakardı.

„Wir müssen versuchen, es loszuwerden", sagte die Schwester zu ihm.

"Bundan kurtulmaya çalışmalıyız," dedi kız kardeşi ona.

Die Mutter war zu sehr mit Husten beschäftigt, um zuzuhören.

Anne öksürmekten o kadar meşguldü ki dinlemedi.

„Das wird euch beide umbringen, ich sehe es schon kommen."

"İkinizi de öldürecek, şimdiden görüyorum."

„Wir können nicht alle weiterhin so hart arbeiten wie bisher."

"Hepimiz aynı şekilde çalışmaya devam edemeyiz."

„Und jeden Tag müssen wir nach Hause kommen und diese Qualen erleiden."

"Ve her gün bu işkenceye katlanmak için eve dönmek zorundayız."

„Wir können das nicht mehr ertragen. Ich kann das nicht mehr ertragen."

"Artık buna dayanamıyoruz. Ben de dayanamıyorum."

In einem letzten Tränenausbruch sank sie ihrer Mutter in
die Arme.
Son gözyaşlarıyla annesinin kucağına düştü.
**Die Tränen rannen ihr über das Gesicht und auf das ihrer
Mutter.**
Gözlerinden yaşlar süzülerek annesinin gözlerine damladı.
**Und mit einer mechanischen Bewegung wischte sie sich die
Tränen weg.**
Ve gözyaşlarını mekanik bir hareketle sildi.
„Mein Kind", sagte der Vater mitfühlend.
"Evladım," dedi baba şefkatli bir sesle.
In seiner Stimme lag tiefes Mitgefühl und Verständnis.
Sesinde derin bir şefkat ve anlayış vardı.
**„Aber was sollen wir tun?", gestand er und gab zu, es nicht
zu wissen.**
"Peki ne yapmalıyız?" diye sormayı bilmediğini itiraf etti.
Die Schwester zuckte nur hilflos mit den Schultern.
Kız kardeş çaresizlik içinde omuzlarını silkti.
Und ihr anfängliches Selbstvertrauen wich erneut Tränen.
Ve daha önceki özgüveni yerini yeniden gözyaşlarına bıraktı.
**„Wenn er uns doch nur verstehen würde", sagte der Vater
laut.**
"Keşke bizi anlasaydı," dedi baba yüksek sesle.
**Und er fragte sich halb, ob Gregor es vielleicht verstanden
hatte.**
Ve Gregor'un bunu anlayıp anlamadığını da kısmen
sorguladı.
Die Schwester schüttelte unter Tränen heftig die Hand.
Kız kardeş ağlarken elini şiddetle salladı.
**Und so signalisierte sie, dass man diese Idee gar nicht erst in
Erwägung ziehen sollte.**
Böylece bu fikrin akla bile getirilmemesi gerektiğini işaret etti.
**„Aber wenn er uns doch nur verstehen würde", wiederholte
der Vater.**
"Keşke bizi anlasaydı," diye tekrarladı baba.
**Er schloss die Augen und dachte über die Antwort seiner
Schwester nach.**

Gözlerini kapatarak kız kardeşinin cevabını düşündü.

"Wenn er verstünde, dass eine Vereinbarung mit ihm getroffen werden könnte."

"Eğer onunla bir anlaşmaya varılabileceğini anlasaydı."

„Aber unter den gegebenen Umständen…"

"Ama işler böyle olunca…"

„Es muss weg!", rief die Schwester, „es ist der einzige Weg."

"Gitmesi şart," diye bağırdı kız kardeş, "başka çaresi yok."

„Du musst den Gedanken loswerden, dass es Gregor ist."

"Gregor olduğu düşüncesinden kurtulmalısın."

„Dass wir das so lange geglaubt haben, ist unser eigentliches Unglück."

"Buna bu kadar uzun süre inanmış olmamız asıl talihsizliğimiz."

„Aber wie kann es Gregor sein?", fragte sie ihren Vater.

"Ama bu nasıl Gregor olabilir?" diye sordu babasına.

„Er wusste, dass ein solches Tier nicht mit Menschen zusammenleben kann."

"Böyle bir hayvanın insanlarla bir arada yaşayamayacağını biliyordu."

„Gregor hätte uns schon längst freiwillig verlassen."

"Gregor çoktan, kendi isteğiyle bizi terk ederdi."

„Das stimmt, dann hätten wir keinen Bruder mehr."

"Doğru, o zaman hiç erkek kardeşimiz olmazdı."

„Aber wir könnten weiterleben und sein Andenken ehren."

"Ama yaşamaya ve onun anısını yaşatmaya devam edebiliriz."

„Aber dieses Ungeheuer verfolgt uns und vertreibt unsere Pächter."

"Ama bu canavar bizi kovalıyor ve kiracılarımızı kovuyor."

„Es will ganz offensichtlich die ganze Wohnung in Besitz nehmen."

"Açıkçası tüm daireyi ele geçirmek istiyor."

„Dieses Biest will, dass wir auf der Straße schlafen."

"Bu canavar bizi sokakta uyutmak istiyor."

"Schau, Vater", rief sie plötzlich, "er bewegt sich schon wieder!"

"Bak baba," diye birden bağırdı, "yine hareket ediyor!"

Und sie tat etwas, das selbst Gregor nicht verstehen konnte.
Ve o, Gregor'un bile anlayamadığı bir şey yaptı.
Sie stieß sich von sich selbst ab, als wolle sie die Mutter opfern.
Annesini feda eder gibi kendini ondan uzaklaştırdı.
Und sie rannte hinter ihrem Vater her, um sich in Sicherheit zu bringen.
Ve bir nebze de olsa güvenlik için babasının arkasına saklandı.
Der Vater war nur deshalb so aufgebracht, weil seine Tochter es war.
Baba sadece kızının sinirlenmesi yüzünden sinirlenmişti.
Doch dann stand auch er auf und hob die Arme über sie.
Ama sonra o da ayağa kalktı ve kollarını onun üzerine kaldırdı.
Gregor hatte jedoch keinerlei Absicht gehabt, irgendjemanden zu erschrecken.
Ancak Gregor'un kimseyi korkutma niyeti yoktu.
Er hatte insbesondere nicht die Absicht, seine Schwester zu erschrecken.
Özellikle kız kardeşini korkutmak gibi bir düşüncesi bile yoktu.
Er wollte sich gerade umdrehen und zurück in sein Zimmer gehen.
O sadece odasına doğru geri dönmeye çalışıyordu.
Doch in seinem sich verschlechternden Zustand war selbst das schwierig.
Ancak durumu giderek kötüleştiği için bu bile zorlaşmıştı.
Und er konnte seine Beine nicht mehr vollumfänglich nutzen.
Ve artık bacaklarının tamamını tam olarak kullanamıyordu.
Also benutzte er seinen Kopf, um seinen Körper anzuheben und sich umzudrehen.
Bu yüzden başını kullanarak vücudunu kaldırdı ve kendini döndürdü.
Er hielt inne und suchte in der Familie nach deren Zustimmung.
Duraksadı ve ailenin onayını almak için etrafına bakındı.

Seine guten Absichten schienen erkannt worden zu sein.
İyi niyetinin fark edildiği anlaşılıyor.
Seine Bewegung hatte sie nur kurzzeitig erschreckt.
Onun hareketi onlar için sadece anlık bir şok olmuştu.
Nun blickten sie ihn alle in unglücklichem Schweigen an.
Şimdi hepsi mutsuz bir sessizlikle ona bakıyordu.
Die Mutter lag noch immer erschöpft im Sessel.
Anne hâlâ koltukta bitkin bir halde yatıyordu.
Vater und Schwester saßen nebeneinander.
Baba ve kız kardeş yan yana oturuyorlardı.
»Vielleicht lassen sie mich jetzt umdrehen«, dachte Gregor.
"Belki şimdi dönmeme izin verirler," diye düşündü Gregor.
Und er setzte seine unbeholfene Drehbewegung fort.
Ve o, beceriksizce yaptığı dönme hareketini sürdürmeye
devam etti.
**Er konnte die gelegentlichen Atemzüge der Anstrengung
nicht unterdrücken.**
Zorlanmadan dolayı ara sıra nefes nefese kalmasını
engelleyemiyordu.
**Und er war gezwungen, zwischendurch ein paar Mal Pausen
einzulegen.**
Ve arada birkaç kez dinlenmek zorunda kaldı.
Niemand drängte ihn jetzt zur Eile; es lag ganz bei ihm.
Artık kimse onu acele ettirmiyordu; her şey ona kalmıştı.
**Schließlich vollendete er die langsame und schmerzhafte
Drehung.**
Sonunda yavaş ve acı verici dönüşü tamamladı.
Er machte sich sofort auf den Weg zurück in sein Zimmer.
Hemen doğruca odasına geri yürümeye başladı.
**Er war erstaunt darüber, wie weit er von seinem Zimmer
entfernt war.**
Odasından ne kadar uzakta olduğuna hayret etti.
Wie war er trotz seiner Schwäche zuvor dorthin gelangt?
Tüm zayıflıklarına rağmen oraya daha önce nasıl ulaşmıştı?
Er war fast denselben Weg gegangen, ohne es zu bemerken.
Farkında olmadan neredeyse aynı yoldan geçmişti.

Er konzentrierte sich jetzt nur noch darauf, so schnell wie möglich zu krabbeln.

Artık sadece olabildiğince hızlı emeklemeye odaklanmıştı.

Das Ausbleiben von Kommentaren störte ihn nicht.

Kimseden yorum gelmemesi onu rahatsız etmedi.

Erst als er schon in der Tür war, drehte er den Kopf.

Ancak kapıdan içeri girdikten sonra başını çevirdi.

Aber er konnte sich nicht vollständig umdrehen und zurückblicken.

Ama arkasını dönüp tamamen geriye bakma fırsatı bulamadı.

Denn er spürte, wie sich sein Nacken beim Umdrehen noch mehr versteifte.

Döndükçe boynunun daha da sertleştiğini hissetti.

Doch er sah, dass sich hinter ihm ohnehin nichts verändert hatte.

Ama arkasında hiçbir şeyin değişmediğini gördü.

Der einzige Unterschied war, dass seine Schwester aufgestanden war.

Tek fark, kız kardeşinin ayağa kalkmış olmasıydı.

Sein letzter Blick verriet ihm, dass seine Mutter eingeschlafen war.

Son bakışında annesinin uyuyakaldığını gördü.

Sobald er in seinem Zimmer war, wurde die Tür geschlossen.

Odaya girer girmez kapı kapandı.

Und sobald die Tür geschlossen war, wurde der Schrank verriegelt.

Kapı kapanır kapanmaz sürgü de kilitlendi.

Gregor erschrak über das unerwartete Geräusch hinter ihm.

Gregor arkasından gelen beklenmedik sesten korktu.

Und vor lauter Überraschung knickten seine Beine unter ihm ein.

Ani şaşkınlıktan bacakları titredi.

Es war seine Schwester, die hinter ihm zur Tür geeilt war.

Onun arkasından kapıya koşan kız kardeşiydi.

Sie stand bereits aufrecht da und wartete auf ihn.

O zaten orada dimdik durmuş, onu bekliyordu.

Dann machte sie einen leichten Sprung nach vorn, ohne dass Gregor es hörte.

Ardından Gregor'un duymayacağı şekilde hafifçe öne doğru sıçradı.

"Endlich!", rief sie laut, als sie den Schlüssel umdrehte.

"Sonunda!" diye bağırdı anahtarı çevirirken.

„Was nun?", fragte sich Gregor, allein in der Dunkelheit.

"Şimdi ne olacak?" diye sordu Gregor, karanlıkta yalnız başına.

Er merkte bald, dass er sich überhaupt nicht mehr bewegen konnte.

Çok geçmeden artık hiç hareket edemediğini fark etti.

Doch seine Unbeweglichkeit überraschte ihn nicht wirklich.

Ama hareketsiz kalması onu gerçekten şaşırtmadı.

Sich auf so dünnen Beinen fortbewegen zu können, erschien lächerlich.

Bu kadar ince bacaklarla hareket edebilmek inanılmaz görünüyordu.

Er wusste nicht, wie ihm das jemals gelungen war.

Bunu nasıl başarabildiğini kendisi de bilmiyordu.

Abgesehen davon fühlte er sich aber relativ wohl.

Ama bunun dışında kendini nispeten rahat hissediyordu.

Es stimmt, dass er am ganzen Körper tiefe Schmerzen verspürte.

Evet, vücudunun her yerinde derin bir acı hissetti.

Doch der Schmerz schien immer schwächer zu werden.

Ama ağrı giderek azalıyor gibiydi.

Und er hatte das Gefühl, der Schmerz würde irgendwann verschwinden.

Ve acının sonunda geçeceğini hissetti.

Er spürte den faulen Apfel in seinem Rücken kaum noch.

Sırtındaki çürük elmayı artık neredeyse hiç hissetmiyordu.

Er dachte mit Rührung und Liebe an seine Familie zurück.

Ailesini duygu ve sevgiyle anımsadı.

Er spürte die Gefühle seiner Schwester noch stärker als sie selbst.

Kardeşinin duygularını ondan bile daha derinden hissetti.

Sie hatte Recht mit dem, was sie gesagt hatte; er musste
gehen.
Söylediklerinde haklıydı; gitmesi gerekiyordu.
Er verbrachte einige Zeit in diesem leeren und friedlichen
Zustand.
Bir süre bu boş ve huzurlu ortamda vakit geçirdi.
Die Uhr schlug dreimal, leise, aber bestimmt.
Saat üç kez, sessizce ama kararlı bir şekilde vurdu.
Gregor wurde sanft aus seinen Betrachtungen gerissen.
Gregor, düşüncelerinden nazikçe çıkarıldı.
Er beobachtete, wie das Morgenlicht langsam in sein
Zimmer drang.
Sabah ışığının yavaşça odasına girmesini izledi.
Dann sank sein Kopf völlig nach unten, ohne dass er es
wollte.
Sonra, kendi isteği dışında, başı tamamen aşağıya düştü.
Und sein letzter Atemzug entwich schwach aus seinen
Nasenlöchern.
Ve son nefesi burun deliklerinden güçsüzce çıktı.

Das Dienstmädchen kam früh am Morgen in sein Zimmer.
Hizmetçi sabahın erken saatlerinde odasına girdi.
Bei ihrem üblichen kurzen Besuch fand sie nichts
Ungewöhnliches vor.
Her zamanki kısa ziyaretinde olağanüstü bir şey bulmadı.
Aus Kraft und in Eile knallte sie alle Türen zu.
Güçsüzlükten ve aceleden, bütün kapıları çarptı.
An ruhigen Schlaf war in der gesamten Wohnung nicht zu
denken.
Dairenin tamamında huzurlu bir uyku uyumak mümkün
değildi.
Sie war gebeten worden, dies morgens zu vermeiden.
Ona bunu sabahları yapmaktan kaçınması söylenmişti.
Sie glaubte, er läge absichtlich so regungslos da.
Kadın, adamın orada kasten hareketsiz yattığını düşündü.
Vielleicht wollte er ihr zeigen, dass er beleidigt war.
Belki de ona gücendiğini göstermek istemiştir.

Sie vertraute darauf, dass er über alle Arten von Intelligenz verfügte.

Onun her türlü zekaya sahip olduğuna güveniyordu.

Sie hielt zufällig den langen Besen in der Hand.

O sırada elinde uzun bir süpürge tutuyordu.

Also versuchte sie von der Tür aus, Gregor ein wenig zu kitzeln.

Kapıdan içeri girerek Gregor'u biraz gıdıklamaya çalıştı.

Sie war etwas verärgert darüber, dass er überhaupt nicht reagierte.

Onun hiç cevap vermemesine biraz sinirlenmişti.

Deshalb stieß sie ihn diesmal etwas energischer an.

Bu sefer onu biraz daha sertçe itti.

Als er keinen Widerstand leistete, sah sie genauer hin.

Hiçbir direnç göstermeyince kadın daha yakından inceledi.

Bald begriff sie, was Gregor wirklich zugestoßen war.

Gregor'a gerçekte ne olduğunu çok geçmeden anladı.

Sie öffnete die Augen noch weiter und pfiff vor sich hin.

Gözlerini daha da açtı ve kendi kendine ıslık çaldı.

Doch sie zögerte nicht lange, bevor sie die Tür öffnete.

Ama kapıyı açmak için fazla vakit kaybetmedi.

Und sie rief mit lauter Stimme in die Dunkelheit:

Ve karanlığın içine yüksek sesle şöyle seslendi:

"Komm und sieh es dir an, da liegt es, völlig tot."

"Gel de bir bak, işte orada yatıyor, tamamen ölü."

Die beiden Eltern saßen aufrecht in ihrem Ehebett.

İki ebeveyn evlilik yataklarında dik oturuyorlardı.

Zuerst mussten sie den Lärmschock überwinden.

Öncelikle gürültünün şokunu atlatmaları gerekiyordu.

Doch dann begannen sie langsam, ihre Botschaft zu verstehen.

Ama sonra yavaş yavaş onun mesajını anlamaya başladılar.

Herr und Frau Samsa sprangen jeweils von ihrer Seite des Bettes.

Bay ve Bayan Samsa, yatağın kendi taraflarından birer birer fırladılar.

Herr Samsa warf sich die dicke Decke über die Schultern.

Bay Samsa kalın battaniyeyi omuzlarına attı.

Und Frau Samsa kam nur im Nachthemd heraus.

Bayan Samsa ise sadece gecelikle dışarı çıktı.

Und so gelangten sie in Gregors Zimmer.

Ve böylece Gregor'un odasına girdiler.

Inzwischen hatte sich auch die Tür zum Wohnzimmer geöffnet.

Bu sırada oturma odasının kapısı da açılmıştı.

Grete hatte dort geschlafen, seit die Mieter eingezogen waren.

Grete, kiracılar taşındığından beri orada uyuyordu.

Sie war vollständig angezogen, als hätte sie überhaupt nicht geschlafen.

Sanki hiç uyumamış gibi, tamamen giyinikti.

Ihr blasses Gesicht schien ebenfalls ihren Schlafmangel zu beweisen.

Solgun yüzü de uykusuzluğunun bir kanıtı gibiydi.

„Er ist tot?", fragte Frau Samsa und blickte die Magd an.

"Öldü mü?" diye sordu Bayan Samsa, hizmetçiye bakarak.

Das hätte sie selbst überprüfen können, indem sie ihn angesehen hätte.

Bunu ona bizzat bakarak da doğrulayabilirdi.

„Ich glaube schon", sagte das Dienstmädchen und hob den Besen auf.

"Sanırım öyle," dedi hizmetçi süpürgeyi eline alarak.

Und sie schob seinen Körper ein langes Stück über den Boden.

Ve kadın, adamın bedenini yerde uzunca bir mesafeye itti.

Frau Samsa machte eine Bewegung, als wolle sie sie aufhalten.

Bayan Samsa, onu durdurmak istercesine bir hareket yaptı.

Doch am Ende ließ sie das Dienstmädchen Gregor herumschieben.

Ama sonunda hizmetçinin Gregor'u kaydırmasına izin verdi.

„Nun", sagte Herr Samsa, „endlich können wir Gott danken."

"Nihayet Tanrı'ya şükredebiliriz," dedi Bay Samsa.

Er bekreuzigte sich; Kopf, Brust, Schultern.

Haç işareti yaptı; başını, göğsünü, omuzlarını.

Und die drei Frauen folgten seinem religiösen Beispiel.

Ve üç kadın da onun dini örneğini izledi.

Grete, die den Blick nicht von der Leiche abwandte, sagte:

Cesetten gözlerini ayırmayan Grete şöyle dedi:

„Seht nur, wie dünn er war! Er hat so lange nichts gegessen."

"Ne kadar zayıflamış, çok uzun zamandır hiçbir şey yememiş."

„Das Futter, das ich ihm jeden Morgen hinstellte, war immer unberührt."

"Her sabah ona bıraktığım yiyecekler hiç dokunulmadan kalırdı."

Tatsächlich war Gregors Körper völlig flach und trocken.

Aslında Gregor'un vücudu tamamen düz ve kuruydu.

Dies war nun, da er am Boden lag, deutlicher zu erkennen.

Yere düştüğünde bu durum daha da belirginleşti.

Weil sein Körper nicht mehr von seinen Beinen hochgehalten wurde.

Çünkü vücudu artık bacakları tarafından kaldırılmıyordu.

Und weil es nichts anderes gab, was die Aussicht beeinträchtigte.

Çünkü manzarayı başka hiçbir şey engellemiyordu.

„Komm doch für eine Weile mit uns herein, Grete", sagte Frau Samsa.

"Gel Grete, biraz bizimle içeri gir," dedi Bayan Samsa.

Während sie sprach, lag ein gequältes Lächeln auf ihren Lippen.

Konuşurken dudaklarında acı dolu bir gülümseme vardı.

Grete folgte ihnen, blickte aber auch immer wieder zurück auf die Leiche.

Grete onları takip etti, ama aynı zamanda cesede de dönüp baktı.

Das Dienstmädchen schloss die Tür und öffnete das Fenster ganz.

Hizmetçi kapıyı kapattı ve pencereyi tamamen açtı.

Es war noch früh, daher wäre die Luft normalerweise kalt.

Henüz erken saatlerdi, bu yüzden hava normalde soğuk olurdu.

Doch in der kalten Luft lag auch ein Hauch von Wärme.

Ancak soğuk havanın içinde bir nebze de olsa sıcaklık vardı.

Wie eine sanfte Erinnerung daran, dass es nun Ende März war.

Mart ayının sonuna geldiğimizi hatırlatan yumuşak bir uyarı gibiydi.

Die drei Mieter verließen nun ebenfalls ihr Zimmer.

Üç kiracı da odalarından dışarı çıktı.

Sie schauten sich staunend nach ihrem Frühstück um.

Kahvaltılarını bulmak için şaşkınlıkla etrafa bakındılar.

Das Frühstück wurde vergessen, wegen dem, was das Dienstmädchen gefunden hatte.

Hizmetçinin bulduğu şey yüzünden kahvaltı unutuldu.

„Wo gibt es Frühstück?", grummelte der mittlere Herr.

"Kahvaltı nerede?" diye homurdandı ortadaki beyefendi.

Das Dienstmädchen legte den Finger an den Mund, um Ruhe zu gebieten.

Hizmetçi, sessizliği sağlamak için parmağını ağzına götürdü.

Und sie winkte den Herren hastig und stumm zu.

Ve aceleyle, sessizce beylere el salladı.

Das Dienstmädchen geleitete die drei Herren in den Raum.

Hizmetçi üç beyefendiyi odaya götürdü.

Und sie erklärte ihnen weiterhin, was geschehen war.

Ve onlara olanları anlatmaya devam etti.

Und die drei Herren standen um Gregors Leichnam herum.

Ve üç beyefendi Gregor'un cesedinin etrafında durdular.

Mit den Händen in den Taschen blickten sie nach unten.

Elleri ceplerinde, başlarını aşağıya eğmişlerdi.

Das Morgenlicht hatte den Raum nun vollständig durchflutet.

Sabah ışığı odayı tamamen aydınlatmıştı.

Dann öffnete sich die Schlafzimmertür und Herr Samsa erschien.

Ardından yatak odasının kapısı açıldı ve Bay Samsa göründü.

Auf der einen Seite saß seine Frau, auf der anderen seine Tochter.

Bir yanında karısı, diğer yanında kızı vardı.

Herr Samsa trug inzwischen bereits seine Uniform.

Bay Samsa o sırada zaten üniformasını giymişti.

Man konnte sehen, dass sie alle ein bisschen geweint hatten.

Hepsinin biraz ağladığı açıkça görülüyordu.

Grete drückte ihr Gesicht an den Arm ihres Vaters.

Grete yüzünü babasının koluna yasladı.

„Verlassen Sie sofort meine Wohnung!", befahl Herr Samsa.

"Dairemi derhal terk edin!" diye emretti Bay Samsa.

Und er deutete auf die Tür, ohne die Frauen gehen zu lassen.

Ve kadınların gitmesine izin vermeden kapıyı işaret etti.

„Was meinen Sie damit?", fragte der Mittelsmann verunsichert.

"Ne demek istiyorsunuz?" diye sordu aracı, şaşkınlıkla.

Und er gab sich alle Mühe, Herrn Samsa freundlich anzulächeln.

Ve Bay Samsa'ya tatlı bir şekilde gülümsemek için elinden gelenin en iyisini yaptı.

Die anderen beiden hielten ihre Hände hinter dem Rücken.

Diğer ikisi ellerini arkalarında tuttular.

Und sie rieben sich erwartungsvoll die Hände.

Ve heyecanla ellerini ovuşturdular.

Offenbar erwarteten sie einen lauten Streit.

Sanki yüksek sesli bir tartışma çıkmasını bekliyorlarmış gibiydiler.

Aber sie schienen sich auf die bevorstehende Auseinandersetzung zu freuen.

Ama yaklaşan tartışmadan memnun görünüyorlardı.

Sie dachten, der Streit würde zu ihren Gunsten ausgehen.

İhtilafın kendi lehlerine sonuçlanacağını düşünüyorlardı.

„Ich meine genau das, was ich eben gesagt habe", antwortete Herr Samsa.

"Az önce söylediğim şeyin aynısını kastediyorum," diye yanıtladı Bay Samsa.

Er ging mit seinen beiden Begleitern in einer geraden Linie.

İki arkadaşıyla birlikte düz bir hat üzerinde yürüdü.
Und Herr Samsa ging direkt auf ihren Anführer zu.
Bay Samsa doğrudan onların baş yöneticisine yaklaştı.
Der Herr blieb zunächst stehen und blickte zu Boden.
Beyefendi önce olduğu yerde durdu ve yere baktı.
Die Gedanken in seinem Kopf waren noch im Wandel.
Kafasının içindekiler hâlâ düzene giriyordu.
"Gut, dann gehen wir", sagte er und blickte zu Herrn Samsa auf.
"Pekala, gideceğiz," dedi ve Bay Samsa'ya baktı.
Eine neue Demut schien ihn plötzlich ergriffen zu haben.
Aniden yeni bir alçakgönüllülük duygusu onu sarmış gibiydi.
Und er schien um Erlaubnis für diese Entscheidung zu bitten.
Ve bu kararı için izin istiyor gibiydi.
Herr Samsa öffnete die Augen weit und nickte leicht.
Bay Samsa gözlerini kocaman açtı ve hafifçe başını salladı.
Die Herren folgten seinem Befehl unverzüglich.
Beyefendiler derhal onun emrine uydular.
Und sie machten tatsächlich große Schritte in den Flur hinein.
Ve gerçekten de uzun adımlarla koridora doğru ilerlediler.
Seine Freunde hatten bereits aufgehört, sich die Hände zu reiben.
Arkadaşları ellerini ovmayı çoktan bırakmışlardı.
Sie hatten mitgehört, wie das Gespräch verlaufen war.
Konuşmanın nasıl ilerlediğini dinliyorlardı.
Und nun rannten sie ihm nach, als ob sie Angst hätten.
Ve şimdi sanki korkmuş gibi onun peşinden koşuyorlardı.
Es ist möglich, dass Herr Samsa sie immer noch von ihrem Anführer isoliert.
Bay Samsa onları liderlerinden hâlâ izole edebilir.
Sie zogen ihre Stöcke aus dem Stöckebehälter.
Çubuklarını çubuk kabından çıkardılar.
Und sie verbeugten sich schweigend, bevor sie die Wohnung verließen.
Ve daireden ayrılmadan önce sessizce eğildiler.

Herr Samsa und die beiden Frauen traten aus dem Vorplatz.
Bay Samsa ve iki kadın avludan dışarı çıktılar.
Aber eigentlich hatten sie keinen Grund, den Männern zu misstrauen.
Ama aslında adamlara güvenmemeleri için hiçbir sebep yoktu.
Sie lehnten sich ans Geländer, um zu überprüfen, ob sie weg waren.
Gitmiş olup olmadıklarını kontrol etmek için korkuluğa yaslandılar.
Die drei Herren kamen tatsächlich die Treppe herunter.
Üç beyefendi gerçekten de merdivenlerden aşağı iniyordu.
In einer bestimmten Kurve der Treppe verschwanden sie.
Merdivenin belli bir kıvrımında gözden kayboldular.
Und dann brachte die Treppe sie wieder in Sichtweite.
Ve sonra merdivenler onları tekrar göz önüne getirdi.
Dieses Erscheinen und Verschwinden wiederholte sich auf jeder Etage.
Bu görünme ve kaybolma döngüsü her katta tekrarlandı.
Doch schließlich waren sie fast am Ziel.
Ama sonunda neredeyse dibe ulaşmışlardı.
Je weiter sie gingen, desto uninteressanter wurden sie.
Ne kadar ilerlerlerse, o kadar da ilgi çekici olmaktan çıkıyorlardı.
Alle kehrten erleichtert ins Haus zurück.
Herkes rahatlamış gibi evlerine geri döndü.
Sie beschlossen, den Tag zum Ausruhen und für einen Spaziergang zu nutzen.
Günü dinlenerek ve yürüyüşe çıkarak geçirmeye karar verdiler.
Sie waren der Meinung, dass sie sich diese Auszeit von ihrer Arbeit verdient hatten.
İşlerinden bu molayı hak ettiklerini düşünüyorlardı.
Sie hatten diese Auszeit nicht nur verdient, sie brauchten sie auch.
Bu molayı sadece hak etmekle kalmadılar, buna ihtiyaçları da vardı.

Sie setzten sich an den Tisch, um Entschuldigungsbriefe zu schreiben.

Özür mektupları yazmak için masaya oturdular.

Herr Samsa verfasste seinen Entschuldigungsbrief an die Geschäftsleitung.

Sayın Samsa, özür mektubunu yöneticilerine yazdı.

Frau Samsa schrieb ihren Entschuldigungsbrief an ihre Kunden.

Bayan Samsa, müşterilerine özür mektubunu yazdı.

Und Grete schrieb ihren Entschuldigungsbrief an ihren Schulleiter.

Grete de özür mektubunu okul müdürüne yazdı.

Während alle schrieben, kam das Dienstmädchen ins Zimmer.

Hepsi yazı yazarken hizmetçi odaya geldi.

Ihre Arbeit am Vormittag war erledigt, also ging sie nach Hause.

Sabahki işi bitmişti, bu yüzden eve gidiyordu.

Die drei Schriftsteller nickten zunächst, ohne aufzusehen.

Üç yazar önce başlarını sallayıp onayladılar, başlarını kaldırmadılar.

Das Dienstmädchen schien aber noch nicht gehen zu wollen.

Ama hizmetçi henüz ayrılmak istemiyor gibiydi.

Sie wartete einen Moment, bis die drei Schriftsteller aufblickten.

Üç yazar da başlarını kaldırıncaya kadar biraz bekledi.

„Na?", fragte Herr Samsa verärgert, genau wie die anderen.

"Peki ya?" diye sordu Bay Samsa, diğerleri gibi öfkeyle.

Das Dienstmädchen stand mit einem Lächeln im Gesicht in der Tür.

Hizmetçi, yüzünde bir gülümsemeyle kapı aralığında duruyordu.

Sie erweckte den Eindruck, gute Neuigkeiten zu verkünden zu haben.

İyi haberler verecekmiş gibi bir izlenim bıraktı.

Aber sie würde die Neuigkeit nicht preisgeben, solange sie nicht dazu aufgefordert würde.

Ama kendisine sorulmadıkça haberi paylaşmayacaktı.

Die aufrecht stehende Straußenfeder an ihrem Hut schwankte leicht.

Şapkasındaki dik duran devekuşu tüyü hafifçe sallanıyordu.

Diese Straußenfeder hatte Herrn Samsa schon immer geärgert.

O devekuşu tüyü Bay Samsa'yı hep rahatsız etmişti.

„Also, was wollen Sie dann?", fragte Frau Samsa bestimmt.

"Öyleyse ne istiyorsunuz?" diye sordu Bayan Samsa kararlı bir şekilde.

Das Dienstmädchen hatte nach wie vor großen Respekt vor Frau Samsa.

Hizmetçi, Bayan Samsa'ya hâlâ büyük saygı duyuyordu.

„Ja", antwortete sie und lachte freundlich auf.

"Evet," diye yanıtladı ve neşeli bir kahkaha attı.

Einen Moment lang unterbrach sie ihr Lachen und sie verstummte.

Bir an için kahkahası konuşmasını engelledi.

„Um das Ding nebenan brauchst du dir keine Sorgen zu machen."

"Yan komşudaki şey için endişelenmenize gerek yok."

„Ich habe bereits dafür gesorgt, wie wir es loswerden."

"Ondan nasıl kurtulacağımız konusunda zaten gerekli düzenlemeleri yaptım."

Frau Samsa und Grete schrieben ihre Briefe weiter.

Bayan Samsa ve Grete mektuplarını yazmaya devam ettiler.

Herr Samsa bemerkte jedoch, dass das Dienstmädchen noch nicht fertig war.

Ancak Bay Samsa, hizmetçinin henüz işini bitirmediğini fark etti.

Nun wollte sie alles genauer beschreiben.

Şimdi her şeyi daha ayrıntılı bir şekilde anlatmak istedi.

Doch er streckte die Hand aus, um ihre Annäherungsversuche zurückzuweisen.

Ama o, kadının çabalarını reddetmek için elini uzattı.

Sie erkannte, dass sie an ihren Plänen kein Interesse hatten.
Onların onun planlarıyla ilgilenmediklerini anladı.
**Und dann erinnerte sie sich an die große Eile, in der sie
gewesen war.**
Sonra da ne kadar acele ettiğini hatırladı.
**„Dann tschüss", sagte sie, sichtlich beleidigt über das
mangelnde Interesse.**
"O zaman hoşça kal," dedi, ilgisizlikten rahatsız olmuş bir
şekilde.
**Bevor sie ging, knallte sie die Tür jedoch mit einem lauten
Knall zu.**
Ama gitmeden önce kapıyı çok sert bir şekilde çarptı.
„Sie wird heute Abend entlassen", sagte Herr Samsa.
"Akşam işten çıkarılacak," dedi Bay Samsa.
**Seine Frau und seine Tochter hatten jedoch keine Zeit, ihm
zu antworten.**
Ama karısı ve kızı ona cevap veremeyecek kadar meşguldü.
**Weil das Dienstmädchen ihren gerade erst gewonnenen
Frieden gestört hatte.**
Çünkü hizmetçi, yeni kazandıkları huzuru bozmuştu.
**Die Mutter und die Tochter standen auf und gingen zum
Fenster.**
Anne ve kızı pencereye gitmek için ayağa kalktılar.
Und so blieben sie mit den Armen umeinander liegen.
Ve birbirlerine sarılarak orada öylece kaldılar.
**Herr Samsa drehte sich in seinem Stuhl um, um sie
anzusehen.**
Bay Samsa, onlara bakmak için sandalyesinde döndü.
**Und eine Weile lang beobachtete er sie schweigend, wie sie
dort standen.**
Bir süre sessizce orada duranları izledi.
Schließlich rief er ihnen zu: „Willst du zu mir kommen?"
Sonunda onlara seslendi: "Bana gelecek misiniz?"
„Vergessen wir doch einfach all den alten Kram."
"Şu eski şeyleri bir kenara bırakalım artık, olur mu?"
**"Komm her und schenk mir ein wenig deiner
Aufmerksamkeit."**

"Bana gel ve biraz dikkatini bana ver."
Die beiden Frauen taten, wie er gesagt hatte, und eilten zu ihm hinüber.
İki kadın da onun dediğini yaptı ve yanına koştular.
Sie umarmten ihn herzlich und küssten ihn.
Ona sevgiyle sarıldılar ve öptüler.
Sie kehrten schnell zurück, um ihre Briefe fertig zu schreiben.
Mektuplarını yazmayı bitirmek için hızla geri döndüler.
Dann verließen alle drei gemeinsam die Wohnung.
Ardından üçü birden daireden ayrıldılar.
Sie waren seit Monaten nicht mehr zusammen aus dem Haus gegangen.
Aylardır birlikte evden dışarı çıkmamışlardı.
Und sie fuhren mit der Straßenbahn an den Stadtrand.
Ve tramvaya binerek şehrin dışına gittiler.
Sie hatten den gesamten Waggon der Straßenbahn für sich allein.
Tramvayın tüm vagonu onlara aitti.
Von draußen strömte Sonnenschein durch das Fenster.
Dışarıdan pencereden içeriye bolca güneş ışığı giriyordu.
Die Familie lehnte sich bequem in ihren Sitzen zurück.
Aile üyeleri koltuklarına rahatça yaslandılar.
Und sie besprachen die Aussichten für ihre Zukunft.
Ve geleceklerine dair beklentileri tartıştılar.
Bei näherer Betrachtung waren ihre Aussichten gar nicht so schlecht.
Daha yakından incelendiğinde, gelecek beklentilerinin hiç de fena olmadığı anlaşıldı.
Alle drei hatten Jobs mit dem Potenzial, mehr zu verdienen.
Üçünün de daha fazla kazanma potansiyeli olan işleri vardı.
Sie hatten einander nie nach ihrer Arbeit gefragt.
Birbirlerine işleri hakkında hiç soru sormamışlardı.
Doch nun hatten sie endlich Zeit, solche Dinge zu besprechen.
Ama şimdi nihayet bu konuları görüşmek için vakit bulmuşlardı.

Sie hatten auch die Möglichkeit, in eine kleinere Wohnung umzuziehen.

Daha küçük bir daireye taşınma seçeneğine de sahiplerdi.

Dies hätte den größten Einfluss auf ihr Leben.

Bu, onların hayatları üzerinde en büyük etkiyi yaratacak olan şey olurdu.

Ihre jetzige Wohnung hatte Gregor ausgesucht.

Şu anki dairelerini Gregor seçmişti.

Aber jetzt könnten sie in eine günstigere Gegend ziehen.

Ama şimdi daha uygun fiyatlı bir yere taşınabilirlerdi.

Eine kleinere Wohnung, aber eine praktischere.

Daha küçük bir daire, ama daha kullanışlı bir yer.

Das Gespräch über die Zukunft machte Grete wieder lebendiger.

Gelecek hakkında konuşmak Grete'yi yeniden daha neşeli hale getirdi.

Herr und Frau Samsa bemerkten auch andere Veränderungen an ihr.

Bay ve Bayan Samsa, kızlarında başka değişiklikler de fark ettiler.

Ihre Wangen waren vor lauter Sorgen ganz blass geworden.

Endişelerinden dolayı yanakları bembeyaz olmuştu.

Doch ihre Tochter entwickelte sich inzwischen zu einer feinen jungen Dame.

Ama şimdi kızları güzel bir hanımefendiye dönüşüyordu.

Sie war mittlerweile wirklich eine wohlproportionierte und hübsche junge Frau.

Artık gerçekten de güzel yapılı ve zarif bir genç kadındı.

Ihre Eltern wurden still und bewunderten ihre Tochter.

Anne ve babası sessizleşti ve kızlarına hayranlıkla baktılar.

Sie wechselten Blicke und kommunizierten unbewusst.

Birbirlerine bakıştılar, bilinçsizce iletişim kuruyorlardı.

„Es wird bald an der Zeit sein, einen guten Mann für sie zu finden."

"Yakında onun için iyi bir adam bulma zamanı gelecek."

Die Straßenbahn hatte ihr Ziel erreicht und bremste ab.

Tramvay varış noktasına ulaşmış ve yavaşlamıştı.

Ihre Tochter schien ihre neuen Träume zu bestätigen.

Kızları, onların yeni hayallerini doğrular gibiydi.

Sie war die Erste, die aufstand und ihren jungen Körper streckte.

Ayağa kalkıp genç bedenini geren ilk kişi o oldu.